大雅

为一种品格注脚

新哈姆雷特

[日]太宰治 ｜ 著

汤家宁 ｜ 译

广西人民出版社

目　录

新哈姆雷特

序

献丑了。在此只能这样告知各位读者。但首先希望各位读者厘清的是，这部作品并非莎翁剧作《哈姆雷特》的注释书，更不是《哈姆雷特》新解，纯粹只是作者擅自主张的游戏之作，顶多只有人物的名字及大致场景挪借莎翁《哈姆雷特》中的设定，借此描写一个不幸的家庭。在这当中完全没有任何卖弄学识的想法或政治方面的意涵。这只是一个狭义的心理实验而已。

或者可以说，这部作品是书写过去某个时代中一群青年的典型，描述以一位落魄的青年为主轴的一个家庭（严格来说，是两个家庭）在短短三天之内所发生的事。只读了一遍的读者，可能会觉得漏读了其中某些心理转折的脉络，但要是读者向我抱怨"没有读第二遍、第三遍的时间啊"，那也就只能这样不了了了。时间比较充裕的读者，有空时请务必再读。如果是较无空闲的读者，也请趁此机会，一并阅读莎翁的《哈姆雷特》，和此《新哈姆雷特》作一比较，或许会在当中发现许多趣味。

作者在创作这部作品时，拜读了坪内博士[1]所译之《哈姆雷特》与浦口文治[2]先生所著之《新评注哈姆雷特》二书。浦口先生所著的《新评注哈姆雷特》因为收录了原文全文，我读的时候还一边查阅字典，费了相当大的工夫，读得非常仔细。当然从中获得了许多新知识，但就没有在此向读者一一报告的必要了。

此外，在本作第二节中，有数行我稍微将坪内博士的译文作了些揶揄，这纯粹是作者一时兴起，无心冒犯，请博士的学生们不要动怒。因为这次的机会，将坪内博士译的《哈姆雷特》通读了一遍，更加觉得在坪内博士所处的大时代里，莎翁的《哈姆雷特》也不得不译得更有歌舞伎情调，才符合时代。

读莎翁的《哈姆雷特》，还是让我深切感受到天才的巨腕，其中展现的热情仿如熊熊火柱，登场

---

1 坪内逍遥（1859—1935），原名坪内雄藏，日本剧作家、翻译家、小说家、评论家，亦是首位将莎士比亚引介至日本的学者；1915 年起致力于翻译莎士比亚全集，七十岁时完成共达四十卷的《莎士比亚全集》。

2 浦口文治（1872—1944），日本著名英国文学学者。

人物的足音响彻耳际。此作《新哈姆雷特》，只能说是小巧袖珍的室内乐罢了。

另外，在本作第七节朗读剧的剧本中，我引用了克里斯蒂娜·罗塞蒂[1]的《时间与亡灵》，并稍作润色。此举有些过分了，在此也不得不向罗塞蒂之灵致上歉意。

最后，本作的形式虽然类似戏剧，但作者绝不是抱着写作剧本的打算而完成此作品的。因为作者原本就是小说家，对戏剧写作方法等知识可说是一概不知。还请各位读者将其当作 Lesedrama[2] 风格的小说来读吧。

二月、三月、四月、五月，花了四个月的时间，终于完成此作。从头回顾此作，竟觉得有点寂寞。不过，以目前的状况而言，也不可能再写出比这更好的作品了，因为作者的实力就只有如此而已。再替自己辩护也是无济于事的。

昭和十六年[3]，初夏。

1　克里斯蒂娜·罗塞蒂(Christina Rossetti, 1830—1894)，英国女诗人，其诗作《小妖魔集市》(Goblin Market)久负盛名。

2　德文的 Lesedrama 即英文的 closet drama，中文称为案头戏、书房戏或书斋剧，为只适宜放在案头阅读，不适合舞台演出，甚至根本无法演出的戏剧文本。此处按太宰治原文 Lesedrama 的写法，特不译为中文。

3　1941 年。

人物

克劳迪亚斯（丹麦国王）

哈姆雷特（先王之子，现王之侄）

波洛涅斯（侍从长）

雷尔提斯（波洛涅斯之子）

赫瑞修（哈姆雷特之同学）

格楚德（丹麦王后，哈姆雷特之母）

奥菲莉亚（波洛涅斯之女）

其他

地点

丹麦王都，埃尔西诺

I　埃尔西诺王宫，大殿

人物：国王、王后、哈姆雷特、侍从长波洛涅斯及其子雷尔提斯。其他侍从多名。

王　大家都累了吧，辛苦了。先王突然崩逝，眼泪都还没有干以前，吾便继承王位，此外也举行了与格楚德的婚礼，对吾而言也是相当难过的事，但这一切都是为了丹麦王国。这也是和各位充分商讨以后作出的决定，若先王吾兄地下有知，也会念在吾忧国忧民、无私为国，而体谅我们的。丹麦和挪威关系紧张，如箭在弦，战争一触即发，所以国不可一日无王。哈姆雷特王子才值弱冠之年，所以承蒙各位荐举，由吾继承王位，但吾一无先王之手腕，二无德望，外貌风采又都不及先王，吾如此鲁钝，简直不像和先王是同一血脉的亲兄弟，所以不知是否能担此重任，也不知是否能保卫王国不受外侮，时常感到惴惴不安，但有德高望重的王后格楚德在吾身边，一生相伴，成为吾的助力，一同为王国付出，王宫的基础得以稳固，也算是丹麦王国之幸。各位都辛苦了。先王崩逝至今虽然已两个月，吾仍觉得如梦未醒。但靠着各位睿智的建言，尚能安然度过。吾为新王，若有不成熟之处，还请各位不改忠诚谏言，让吾安心。啊啊，差点忘了，雷尔提斯，你刚才说有什么请求要告诉吾，是什么事？

雷尔提斯　是的，陛下，其实我想要再返回法国游学，恳请陛下恩准。

王　这是小事。这两个月来你相当勤奋，替吾处理了不少事，现在事情也算是告一段落，你就回去好好用功念书吧。

雷尔提斯　多谢陛下。

王　这件事你也跟你父亲商量过了吧。波洛涅斯，你觉得如何？

波洛涅斯　是的，我实在说不过他。因小犬百般请求，我便要小犬问过国王陛下后再作决定。哈哈，年轻人终究是忘不了法国的风情啊。

王 说的也是。雷尔提斯，对做孩子的来说，父亲的准许比王的裁决更具意义，一家和气就是对王的忠诚，所以，既然你父亲已经允许，那就好了。年轻时尽情玩乐也是必要的，这真令人羡慕。不过别玩得太过头，伤了身体。哈姆雷特，你最近总是没什么精神，要不要也去法国看看？

哈姆雷特 您说我吗？请别取笑我了，我要去的是地狱。

王 你这是在赌什么气呢？啊，对了，之前你说想回到维滕贝格[1]的大学，但请你再留一会儿吧，这是吾的请求。你是接下来要继承丹麦王位的人，现在王国遭遇困难，所以吾暂时即位，但等到危机过去，人心安定之后，吾将让位给你，好好安息养生。因此现在你得跟在吾的身边学习政事才行。不，不只是学习，吾还想让你帮忙处理。请你打消游学的念头吧，这是站在父亲立场上的请求。你不在的话，

---

1 德国东部城市，行政隶属萨克森-安哈尔特州，为 16 世纪德国宗教改革的发源地。

王后也会感到寂寞的。而且你最近的健康状况似乎也不太好。

哈姆雷特　雷尔提斯——

雷尔提斯　是。

哈姆雷特　你有一位好父亲，真幸福。

王后　哈姆雷特，你在说什么呢？在我看来，你只有不满的怨言而已。给我停止那种令人生厌又拐弯抹角的态度，如果你有什么不满，就要像个男子汉一样直截了当说出来。我不喜欢你那样的说话方式。

哈姆雷特　那我就直说吧。

王　吾能理解的。趁这个机会，你们好好谈谈吧。王后你也不必如此震怒，年轻人有年轻人想说的话，吾也有许多需要反省的事。哈姆雷特，别哭了。

王后　他只是在假哭，这孩子从小就很会假哭，不用同情他，请好好斥责他。

王　格楚德，注意你的措辞，哈姆雷特不只是你一人的孩子，他也是丹麦王国之子。

王后　正因为如此，我才要说说他。哈姆雷特都已经二十三岁了，到底要撒娇到什么时候？我这个生母都感到不好意思了。请您看看，今天是陛下登基后第一次的谒见仪式，这孩子偏偏穿着不祥的丧服，好像只有他一人感到悲凄似的。也不想想这件事对我们而言有多痛苦啊！这孩子在想些什么，我都一清二楚，丧服也是故意穿给我们看的，他一定是想讽刺我们："难道你们已经忘了先王的死吗？"其实我们谁也没有忘，每个人的心里还是充满了悲痛，但现在我们必须把那份悲痛压在心底，因为我们必须为丹麦王国着想，为丹麦人民着想。我们是连悲伤的自由都没有的人，我们身不由己。但哈姆雷特连这点道理都不懂得。

王　你说得太过火了，别这样得理不饶人，这只会给人造成伤害。王后因为是他的生母，自然对他的担心多一些，出于亲情才说出那些话，但比起隐藏在背后的感情，年轻人只会注意到表现出来的言语。吾也有这种经验，仿佛别人的一句话就可以决定自己的一切。王后，你今天似乎有哪里不对劲啊。哈姆雷特穿着丧服也没什么关系，少年的感伤是很纯粹的，如果硬是要将他与我们的生活同化，那才是罪恶，应该看重这份情感，或许还应该向他学习。我们常以为自己什么都懂，却在不知不觉间失去了很多重要的东西。总而言之，吾想跟哈姆雷特两人单独好好谈谈，你们都先退下吧。

王后　既然如此，就有劳陛下了。我也的确是说得过分了些，不过您将他视为己出，也太宠他了。再这样下去，这孩子不论多久都无法长大。要是先王还在世，也会对这孩子今天的态度动怒，甚至体罚他呢。

哈姆雷特　那你们打我便是了。

王后　你又在嘟囔什么？说话得更直率些！

人物：国王、哈姆雷特。

王　哈姆雷特，来，坐这里。不喜欢的话，站着也行，那吾也站着说话吧。哈姆雷特，你长大了呢，都快跟吾差不多高了，你还会再继续成长吧，不过你太瘦了，再胖一点才好。这次瘦了很多呢，脸色也不太好。你要懂得保重身体，要为你将来的重责大任着想啊。今天我们两个就在此开诚布公地谈谈吧，从很久以前开始，吾就一直期待能有和你独处的机会。吾会毫不隐瞒对你吐露一切，你也不要客气，直率一点，想说什么就说。不管彼此是多么相亲相爱，如果不说出口，就无法知道对方的心意，世间的相处之道大多如此。有哲学家说，人类是语言的动物，吾能理解。今天我们两人就好好聊聊吧。吾这两个月来也相当忙碌，完全没有一丝空闲能静下心来跟你说话。请你原谅。但你也总是处处刻意避开吾，对吧？当吾走进房间，你就马上走出去，每一次你这样做，吾都感到寂寥无比。哈姆雷特！抬起头来。吾接下来的每个问题，你都要认真回答。

吾有事要问你。你是不是讨厌吾？吾为汝父，你是不是轻蔑吾这样的父亲？你恨吾吗？说，认真地回答。就算只有一句话也好，说给吾听。

哈姆雷特　A little more than kin, and less than kind.[1]

王　你说什么？吾刚听得不是很清楚。不要胡闹，吾是认真问你，别跟我玩这种双关的文字游戏，人生可不是儿戏。

哈姆雷特　我应该已经说得很明白了。叔父！您是一位好叔父，但——

王　但是位令人讨厌的父亲？

哈姆雷特　内心的感觉是无法被蒙骗的。

王　不，吾很感激你，你说出了真心话。就像今天

1　意近"血浓于水，但情如纸薄"，指国王与哈姆雷特虽为叔侄，但彼此间的情分却没有叔侄间应有的那般深厚。

这样，以后不论何时，你都这样直截了当地告诉吾就好了，吾绝对不会对真实的话语动怒。其实，在吾心中也暗藏着这样的感受。你瞧你，用不着翻脸跟翻书一样快吧，还瞪着吾呢。你的表情还真是夸张啊。年轻的时候大家都一样，总对他人十分刻薄，但别人随便说你一句，你就暴跳如雷。因为你从没想过别人被你攻击得体无完肤时会有多痛。

哈姆雷特　哪有那种事，绝对没有——真是愚蠢。我也是因为被逼得无可奈何、无计可施才会说的。攻击得体无完肤？我觉得不至于吧。

王　所以吾说，不是只有你这样，我们也都是被逼得无可奈何才说的，为了生存，我们也下了很大的工夫。或许在你们眼里，我们行有余力、富有自信，但其实都是一样的，我们也和你们一样，只要有一天是无灾无厄平安度过，就该谢天谢地了。因吾是为承接哈姆雷特王家的血脉而生的男人。吾想你也知道，哈姆雷特王家的血脉中，流着优柔寡断的虚弱气质。先王和吾小时候都非常爱哭，别国的使

臣看见我们二人在庭园中游戏时，还误以为是两位
公主呢。而且我们两人都体弱多病，御医们当时都
怀疑我们能否顺利成长，但后来先王修养调息，成
了一位伟大的贤君。这让吾相信，宿命是可以因意
志而改变的，先王就是一个最好的例子。吾现在也
非常努力，想成为这丹麦王国最强而有力的支柱。
真的，吾已经花费所有精力。但是啊，哈姆雷特，
如今最令吾感到痛苦的，就是你。你刚才说，表面
的言语无法战胜内心真正的情感，其实吾也是，吾
始终无法将你视如己出。再说得明白一点吧，你是
吾可爱的侄儿，因为你是一个聪明的侄子，才会得
吾宠爱。先王还在的时候，你不是跟吾这个山羊叔
叔很亲吗？第一个发现吾的脸长得像山羊的，就是
吾这可爱的侄儿，所以叔父也很高兴做你的山羊叔
叔。真令人怀念啊！现在吾和你是父子了，我们的
心却离得千万里远，过去我们两人之间的亲爱之情
已经变成了憎恶。我们成为父子这件事，就是不幸
的根源，但我们不能这样继续下去。哈姆雷特，吾
有个请求。请你欺骗自己吧，至少在众臣面前，请
你欺骗自己的内心，装作和吾要好的样子。你一定

不愿意吧，这是件痛苦的事，但除此之外别无他法。王家失和，会丧失臣下的信赖，使民心蒙尘，最后还会招致外侮。刚才王后也说了，我们总是身不由己，这一切都是为了丹麦王国，为了保卫祖先们留下的土地，所以我们不得不舍弃自己的情感。将来丹麦的土地、海洋和人民迟早都会交到你手上，所以我们一定要同心协力才行。吾不会叫你爱吾，因为坦白说，吾也无法发自内心称你为吾儿并紧紧拥抱你，所以不会勉强你，你只要在人前装装样子就好。这是我们两个都应尽的痛苦义务，因为这是天意，不得不遵从。吾相信，比起维护自己对情感的洁癖，忍辱负重完成自己的义务，更能让神高兴。虽然我们一开始对彼此亲爱的招呼只是装模作样，但吾认为真正的亲子之爱一定会慢慢地渗进这些细微之事，进而涌入我们心中。

哈姆雷特　知道了。这点小事我还是听得懂的。但我也有要求，请让我再游历一阵子吧，叔父，请让我再去维滕贝格的大学留学。

王 只有我们两人独处时你可以称吾为叔父，但在
王后或臣下面前，务必称吾为父王，你一定得答应
我。为了这点芝麻小事就对你动怒，吾自己都觉得
既痛苦又羞耻，但就连这些细微的形式，都会影响
丹麦王国的命运。关于这件事，吾刚才已经请求于
你了。

哈姆雷特 是吗？那还真不敢当。

王 你为何总是这样的态度呢？吾稍微认真说了你
几句，你便马上摆起架子来，用如此敷衍的回答闪
避话题。

哈姆雷特 叔父，不，国王陛下，您也闪避了我的
请求啊。我想去维滕贝格，仅此而已。

王 你是真的想去吗？吾认为那只是谎言，所以才
装作没听见。想再回到大学并不是你内心真正的想
法，那不过是推诿之词。你只是想要反抗吾而已。
吾都明白，年轻人总是无谓地挥动傲慢的双翼，但

那也只是挣扎，是一种动物本能，吾能断言，你只是将那种动物本能和理想与正义的大旗绑在一起，无病呻吟罢了。就算先王还在，你一定也会反抗先王，轻蔑他，憎恨他，背地里说他是个顽固老头等坏话，让先王困扰不已吧。因为你正值这种年纪，你的反抗只是肉体上的反抗，并不是精神上的。吾已经可以想见你回到维滕贝格后的情景了，你大学的友人们一定会像迎接英雄归来一般迎接你吧，努力反抗老旧陈弊的家风、战胜顽固冷酷的继父，为了争取自由而再次回到大学的王子，简直就是真实之友、正义的代表，洁白完美的王子啊，友人们一定会激动得和你接吻，沐浴在干杯的酒雨之中。但是，这种异样的激动究竟算什么呢？吾将之称为生理的感伤，就像狗疯狂地在草地上摩擦身体。说得有点过分了，吾并不是全盘否定这种年少的激动狂喜，因为那也是神赐予我们的一段时期。这是我们必定要经过的一段火海，但就算只有一日，我们也要尽快由此解脱，这是肯定的，疯的时候好好去疯，然后再尽快觉醒，这才是最好的生存方式。或许你也这样觉得，但吾绝对不是个聪明人，不，应该说是非常愚钝的笨蛋，即使是现在，吾也不能算是完全觉醒了，所以吾才不想让你步后尘。你试着了解过那群同学狂喜喝彩的本质是什么吗？他们只是高兴得到一位堕落的学长，互相夸耀彼此的恶德与无谓的冒险，渐渐同流合污，最后堕落成肮脏又无能的笨老头。吾是为你着想，才以自身愚笨的经验告诫你。有很长一段时间，吾也过着放纵的大学生活，但到现在留下了些什么呢？什么也没有，只有令人不快的回忆，尽是无病呻吟的惭愧，以及充满惰性的官能而已，直到现在，吾还为了这些余毒的善后而苦恼。但雷尔提斯的情况不同，因为他有出人头地的心愿，只要有这种心愿，人就不会堕落至 decadence[1]。但你不同，你没有这种心愿，只有盲目的热情。三年的大学生活已经足够了，要是这次还是和以前一样重复着那种狂热，说不定会万劫不复啊。少年时期不体面的伤害，只要说给大家笑笑，很容易就能平复，但一个二十三岁男子失态造成的伤害，可是会像溃烂的伤口般腥臭，很难被磨

---

1 意即颓废、自我放纵。此处按太宰治原文 デカダンス（decadence 的日文片假名）的写法，特不译为中文。

灭的。请你自重。那些大学生只是不负责地用言辞
煽动你，吾很了解这点。刚才在众臣面前，虽然吾
用其他的理由阻止你回到大学……不，不能这么说，
那时候说的理由也是非常重要的，但比起那个，吾
更担心你带着盲目的热情，挥动傲慢的羽翼，误
入歧途啊！刚才在众臣面前说的事，吾希望你也能
放在心上，也就是希望你在吾的身旁学习实际的政
事，但除了政事以外，吾身为你的父亲，不，就算
是出于鲁钝长辈的义务，吾也一定要对你的冒险提
出忠告。虽然吾刚才说，还无法打心底将你视如己
出，但身为人的义务感又是另一回事了。至少这一
点你不需要对吾存疑，吾希望你能成为堂堂正正的
君子，吾希望能帮助你、保护你，因此把从自身愚
蠢经验中辛苦得到的结论告诉你。你是丹麦王国的
王子，是独一无二的存在，希望你有更深的自觉，
不能想着要跟雷尔提斯一样。说穿了，雷尔提斯顶
多是你的一位臣子，他去法国也是为自己的将来镀
金，所以那个精明又城府深密的波洛涅斯才会准他
去。你没有那个需要。无论如何，请你放弃前往维
滕贝格，这已经不是请求了，而是命令，因为吾有

义务，要将你培养成一位贤明伟大的君王。你若留在王宫，不久我们就能迎来一位美丽的公主。不是吗？哈姆雷特。

哈姆雷特　我从来没有想过要模仿雷尔提斯，完全没有，我只是——

王　好了，好了，吾都了解。你只是想跟以前的同学重逢，对不对？你还是有无法对吾坦承的事，对吧。我已经把赫瑞修叫来，这样你就没有去维滕贝格的必要了。

哈姆雷特　赫瑞修！

王　你看起来很高兴呢，他是你最好的朋友，对吧。吾对你如此诚实的反应也给予相当高的评价。他现在应该已经从维滕贝格出发了。

哈姆雷特　谢谢。

王　让我们握个手吧。和你谈话之后才发现，其实我们毫无芥蒂，此后我们也要更加相亲相爱。今天吾对你说了失礼的话，你别多作他想。宴会开始的礼炮已响，大家一定都在等着我们，一起去吧。

哈姆雷特　那个……请准我留在此地，一个人仔细想想。您先请吧。

人物：哈姆雷特一人。

哈姆雷特　哇啊，真无聊，叽叽咕咕地重复同一件事，烦死了。这时候才突然装得一脸正经讲一堆大道理，但他说什么都没用，都只是在替他自己辩护罢了。说到底，不过就只是个山羊叔叔，硬是拉我去城外妓院的，不正是山羊叔叔吗？那里的女人都称山羊叔叔为老猪鬼[1]。山羊还好听一点咧，真是没救啊，没救啊，没救到令人怜悯。他没有当国王的资格，完全没有。山羊当王？简直要笑掉我的大牙。不过还是不能对叔父掉以轻心，我不想被他看穿，不想被他知道我的确不想去维滕贝格。不能掉以轻心啊。蛇有蛇路[2]，唉，真想见到赫瑞修！真想见到以前的朋友，不管是谁都好！我有好多想听他们讲的事，好多想问他们的事！把赫瑞修叫来，山羊叔叔算是做了件了不起的事啊，沉迷酒色的人通常都直觉敏锐。到底那个老山羊还知道些什么事

1　传说会化为猪的形体，钻入人的股间夺取此人性命的怪物。

2　此为日文谚语，意思是只有同道才能彼此理解。

啊？啊啊，我也堕落了，终究堕落了，父王过世之后我的生活就过得乱七八糟。母后比我还要糟糕，她马上就成了山羊叔叔那边的人，变成一个完全和我无关的陌生人，终于使我发疯了。我想到自己如此恬不知耻的行为，就害羞得无以复加。现在，我成了一个完全无法说人坏话的男人，真是没用，不管遇见谁都会吓得发抖。啊啊，到底该怎么办呢？赫瑞修。我的父亲死了，母亲被人抢走，托那只山羊的福，还听了一堆长篇大论。好讨厌，我觉得好肮脏。啊啊，不过，比起这个，有一件更让我痛苦的事。不，不只一件，每一件事都令我很痛苦。这短短两个月内，许多事情混杂在一起向我袭来，以前我从不知道痛苦可以这样一波未平一波又起，接连不断地发生。苦痛会萌生苦痛，悲伤会产生悲伤，叹息只会增加叹息。自杀。逃走的方法，只有这个了。

Ⅱ　波洛涅斯宅邸一室

人物：雷尔提斯、奥菲莉亚。

雷尔提斯　打包行李这种小事你来帮我做不就好了吗？啊啊，忙死了。船已经满帆在等着了。喂，帮我把那本哲学小辞典拿来。把这个忘了可不行，毕竟法国的贵妇们都喜欢一些听起来很有哲理的话。喂，帮我在行李箱里洒点香水。这种小细节才能显出绅士高尚的品位啊。好了，终于打包完了，那我就出发了。奥菲莉亚，我不在的时候，你一定要好好照顾父亲。你在发呆啊？怎么搞的，才几点你就一脸犯困样，不过青春期就是爱睡。那句歌词，"虽然我有痛苦的心事，但夜里还是呼呼大睡"，就是在说你。别整天只知道睡，偶尔也给在法国的哥哥捎点音信啊。

奥菲莉亚　汝不信乎？[1]

1　坪内逍遥所译的莎士比亚作品多古文用法，较为艰涩。此处太宰治直接引用坪内逍遥的译文，来呈现莎翁原文 "Do you doubt that?" 的反差。

雷尔提斯　你在说什么啊？好奇怪的用语，我不喜欢。

奥菲莉亚　因为，坪内大师他——

雷尔提斯　啊啊，原来如此。坪内先生虽为东洋首屈一指的大学者，但用词也太咬文嚼字了。汝不信乎？这措辞太强烈、太狐媚了。不过这不全是坪内先生的错，最近你的行为也有些过分了，你要注意点。哥哥我可是什么都知道的，涂那么鲜艳的口红，反而令人觉得肮脏。为什么非要搞得那么艳丽不可呢？

奥菲莉亚　对不起。

雷尔提斯　唉！才说几句你就哭出来了。哥哥我可是什么事都知道的，只是一直装傻，希望你自己能发现、反省，但你却完全不当一回事，虚荣到无可救药。我很不想为了这种无聊小事开口，所以一直忍着。但今天我即将远行，我不在的时候很多事都令我担心，才不小心说了出来，既然如此，不如就全都告诉你吧。听好，你对那个人死心吧。那是个愚蠢的想法，已经可以想见结局会如何了。那个人是怎样的身份，你想一想就知道了。我丑话说在前头，这件事没得商量，我是坚决反对的。身为你唯一的哥哥，并代替去世的母亲，我绝对反对。父亲因为神经大条所以似乎还没发现，要是父亲知道了，事情会变得多么严重！父亲得引咎辞去现在的重职，我的前途也会毁于一旦，你会变成没有父亲的小孩，在街头乞食呢！听好，你去对那个人说，雷尔提斯对着鬼神发誓，不管是谁，只要敢来亲近雷尔提斯的妹妹，他都不会手下留情，就算是皇亲国戚，也绝不会让他活着！你去这么对他说！

奥菲莉亚　哥哥！你怎么可以说得这么过分！他——

雷尔提斯　混蛋，你还在说什么梦话！脑袋坏了吗？既然如此，我就把话挑明了说。我之所以反对，不只是因为那个人的身份，我还讨厌那个人，超级讨厌。那个人是个 nihilist[1]，还是个花花公子，我小的时候经常当那个人的玩伴，所以我很清楚。那个人非常聪明，也很早熟，不论什么事都学得很快，弓术、剑术、骑马，或写诗、戏剧，都有令我觉得不可思议的成就。但他总是三分钟热度，只要精通了一样，马上就会放弃，很容易感到腻。我不喜欢那种个性的人。他能很快看穿别人心底的想法，然后露出一副得意的样子不怀好意地笑，是个令人讨厌的人。他总是嘲笑我们的努力。那种人被称作肤浅才士，假道学的样子真令人作呕。要是被国王陛下或王后殿下念了几句，就抽抽噎噎地哭起来，就算在众多臣子面前也毫不避讳。这家伙简直是个娘娘腔。奥菲莉亚，你有所不知，但我什么都明白，那个人是完全不能依靠的。在这丹麦国里，男人比森林里的树叶还要多，哥哥会帮你找一个最强壮、最温柔、最诚实、长得又最帅的青年。唉，你要相信哥哥啊，一直以来，

1　意即虚无主义者。此处按太宰治原文 ニヒリスト（nihilist 的日文片假名）的写法，特不译为中文。

不管哥哥说什么你都相信，不是吗？而且哥哥也从来没有骗过你，对吧？嗯，你听懂了吧？算哥哥拜托你，从今天起，忘了那个人吧。要是下次那个人又对你唠唠叨叨说些什么，你就告诉他，雷尔提斯会气得要了他的性命。那个人很懦弱，要是听到这种话，一定马上吓得脸色发白，全身发抖。懂了吗？要是万一，嗯，虽然这种事不太可能发生，但要是我不在的时候，你做了什么恬不知耻的傻事，哥哥可不会就此放过你们二人。哥哥生起气来，可是任何人见了都会害怕的，这你是知道的吧？啊，来吧，笑着跟哥哥道别吧。哥哥是很信任你的哟。

奥菲莉亚　哥哥再见。你也要保重哟。

雷尔提斯　谢谢。我不在的时候，一切就拜托你了。但我还是放不下心。这样好了，你就在神的面前发誓吧，不然我实在无法放心。

奥菲莉亚　哥哥，你还在怀疑我吗？

雷尔提斯　不，不是的。那就，那就算了。真的没事了吧？哥哥可以安心了吧？我也不想老是把这种问题挂在嘴边，身为哥哥还一直对你唠叨这种事，面子上很挂不住啊。

人物：波洛涅斯、雷尔提斯、奥菲莉亚。

波洛涅斯　怎么搞的，你怎么还在这里？刚刚你来向我请安道别，我还以为你已经出发了呢。快，快出发。啊！等等，等一下，趁你还没离开，我再把游学应该要注意的事情讲一遍。

雷尔提斯　啊啊，那个我已经听了三遍，喔不，是四遍啦。

波洛涅斯　几遍无所谓，这种事讲十遍都不够。听好了，第一件事，要注意自己的成绩。如果班上有五十位同学，那么你的成绩在四十名左右就好，千万别想拿到第一名。你身为波洛涅斯的孩子，头脑不可能那么好，要知道自己有几两重，别做无谓的事，学会谦让，这是第一件事。接着，不要留级。即使作弊也没关系，就是千万不能留级，留级会造成你一生的创伤。等你到了该接掌重任的年纪，人们会忘记你之前作过弊，却不会忘记你留过级，背地里会说东说西，指着你讪笑。再说学校的初衷本来就不是让学生留级，如果留级，一定是学生自己硬要往好志愿挤而不得进的结果，真是感伤，这是对教师的反抗，是虚荣，是无谓的正义感。如果有学生把留级当作名誉之事而让双亲哭泣，他日后仕官时一定会后悔的。当学生的时候，总认为作弊是最不名誉的事，留级才是英雄式的做法，但等到出了社会，才会发现现实是相反的，作弊不是不名誉的事，留级才是失败的根源。不信？等你毕了业，多年后和同学们聊到这种事时，就会发现每个人都作过弊。即使日后彼此坦白这件事，也只是互相拍拍肩膀笑笑就过去了，毫无后顾之忧。但留级就不一样了，即使你向别人坦白这件事，别人也不会那么单纯地笑着听你说，一定会轻蔑你。这会成为你出人头地的阻碍，是让你抬不起头的根源。人生啊，要是以为只有学生生活，那就大错特错了。你凡事要小心，别让人抓到破绽，毕竟你是波洛涅斯之子啊。再者，要慎选朋友，这点也非常重要，至少要找一个比你高一年级的学长当朋友，这是为了向他请教考试的要领，以及考官给分的一些喜好。另外，也至少要找一个和你同年级的好学生当朋友，你可以向他借笔记，考试的时候也可以坐在他隔壁。学校里的好朋友只要这两人就够了，不必要的交友就是不必要的浪费。啊，接着是关于金钱，这一点特别需要注意。绝对不能有任何金钱的借贷，跟人借钱原本就是做不得的事，借钱给别人也不行，宁可饿死也不要借钱，再说世间是不会让人饿死的。这世上的人，会忘记自己嫁掉女儿，却不会忘记借给别人一两。除非借出一两，别人还回十两，他才会忘记自己其实只借出去一两。这也将成为出人头地的阻碍。胸怀大志的男人，连一分一厘都不会向别人借，也不会借钱给别人。向你借钱的男人，因为向你借钱而让自己受辱，所以想拖你下水，一定会在背地里说你坏话。也就是说，借贷是不和的根基。如果不能果断地向借钱的人说："我不想做出伤害彼此友谊的事，所以抱歉，恕我拒绝。"那将来必不能成大事。知道了吗？要注意金钱方面的处理啊。接着是饮酒。适度小酌可以，但绝对不要一个人喝酒，一个人喝酒是妄想的开端、忧郁的催化剂，心情会越喝越差。另外，每周和同学们喝一次酒，但不能由你邀约，要让他们邀请你，再不甘不愿地答应，这才是聪明人的做法。饮酒的礼仪也是件难事。喝到烂醉、呕吐绝对是禁忌，会被所有人瞧不起。边喝酒边高谈阔论，也不管身旁坐的是谁，这种人只会被人敬而远之，没有任何益处。要尽量坐在末席，热心倾听周围的议论，对他们的意见一一点头表示赞同，这是喝酒时最好的姿态，但酒过三巡之后，要维持这样的姿态也变成了一件难事。这种时候，你就突然站起来，用叫破喉咙的力气大声唱你们学校的校歌，唱完就傻笑，再继续喝酒。如果对方缠着你一直发表长篇大论，你一定要专心盯着对方，等他好不容易安静下来，再对他说："你也是个寂寞的男子呢。"不管是多爱高谈阔论的人，听到这句话都会尴尬得说不出话来。不过，保持笑容却不随便搭腔，才是最上乘的做法。如果发现席间的情势变得越来越无法收拾，不可踌躇，一定要马上起身回你的宿舍去。如果你抱着看好戏的心情，在宴席上赖着不走，这种缺乏决断力的男人，一点出人头地的希望都没有。回去的时候，也不要忘记把自己该出的那份钱一毛不少地交给你慎选过的那个同学好友。如果一个人该出的钱是三两，你就给他五两；如果一个人该出的钱是五两，你就给他十两，钱给了之后二话不说就离开的男人才是个好男人。这样的做法不会伤害到别人，也不会伤害到你自己，而且大家对你的评价自然会提高。啊，还有一件最重要的事，就是千万不要在酒席上作出任何约定。要是一不注意，可是会酿成大祸的。喝了酒会增加激动的情感，不自觉变得气宇轩昂，一不小心就被别人牵着鼻子走，做了超出自己能力范围之事，等到酒醒之后才面无血色地后悔也来不及了。酒醉状态下作出的约定，是人生破灭的第一步。接着是关于女人。这也是不可避免的，唯一要注意的是，不要太过自恋。你是波洛涅斯的孩子，所以你和为父一样，没有什么女人缘。不要忘记你从小就是一个鼾声如雷的孩子，那么大的鼾声，除了你的妻子以外，没有任何女人能够忍受。受到女人的诱惑时，一定要想起你的鼾声很大。听懂了吗？如果在法国不受欢迎，在丹麦也一定有非你不嫁的漂亮姑娘在等着你，这就交给爸爸，你只要记得不要太自恋就好。年轻时候的风花雪月，不在于你得到多少女人的心，而在于展现自己的男人味，所以要把自恋当作最大的敌人。那么，接下来是——

雷尔提斯　接下来是赌博。如果输了五两就笑一笑回家去，但绝对不能靠这个赚钱。

波洛涅斯　接着是——

雷尔提斯　接着是服装。要穿质料好的衬衫，不要穿太鲜艳的上衣。

波洛涅斯　接着是——

雷尔提斯　接着是不要忘记带伴手礼给舍监太太，但也不要跟她太亲近。

波洛涅斯　接着是——

雷尔提斯　要写日记，要记得买干粮，要时常拔鼻毛……啊，船要开了啊！父亲，请您保重，我到了那边会再写信回来的。奥菲莉亚，再见，刚才哥哥跟你说的事不可以忘记哟！

波洛涅斯　啊，竟然一下子就跑掉了，这家伙动作还真快啊。嗯，不过，已经叮嘱他这么多，应该没有漏掉什么了。啊，忘记告诉他生活费要省一点用，也忘记告诉他散步的必要性了……没关系，之后再写信告诉他吧。喂，奥菲莉亚，你的脸色不太好哟，是不是哥哥又对你提出什么无理的要求啦？我都晓得哟，一定是他抢你的零用钱，对吧？因为从爸爸这里拿的不够，所以强迫你每个月偷偷寄多少钱给他，对吧。嗯，一定是这样，没错，可恶的家伙。

奥菲莉亚　不是的，不是父亲说的这样。哥哥不是这么无聊的人。他没事的，就算父亲刚刚不这样——叮嘱，哥哥也都知道的。

波洛涅斯　嗯，其实，说的也是，他都已经二十三岁了，要是连这点小事都不懂，那还得了。和同年龄的哈姆雷特殿下相比，雷尔提斯还成熟三倍呢，他将来一定会比我这个做爸爸的还要伟大。我这么唠叨、一而再地仔细叮嘱，都是经过深谋远虑的。我知道那孩子听得很烦，但我那一番话只是要让他知道还有一个人会担心他。如果他能懂，我就满足了，他也会因此力争上游。我说的那些无非都是芝麻小事，没什么了不起的，雷尔提斯有他自己的生活方式吧，他也清楚现在是什么样的时代，大可按照自己的喜好行事。我只想让他知道，我仍然放不下他。只要知道这点，他就绝对不会走上堕落之途。而且我的担心是两人份的，还有你们死去的母亲那一份，要是那孩子连这一点都能理解，那就好了。那孩子，只要知道这点的话，只要知道这点……啊啊，我怎么老是在说同一件事，真是个烦人的老头啊。不知不觉间我也老了呢。奥菲莉亚，来，坐在这里，坐在爸爸身旁吧。嘿哟，那么，就再听一会儿爸爸的老话吧。你长得越来越像你母亲了呢，我仿佛在跟你母亲说话似的。你妈妈在九泉之下应该也会高兴吧。雷尔提斯长得英俊挺拔，你温柔体贴又善解人意，照顾我的日常起居，城外的人们都称赞有加呢！传闻他们说："波洛涅斯那样的父亲，竟然生出那么有气度的孩子，真没道理，啊，不过，算了。"爸爸应该觉得很幸福，没有任何遗憾了才对，但，奥菲莉亚，听我说，爸爸最近常常在某个瞬间感到不安，爸爸说不定快死了。不，我不是在吓你，我不会莫名其妙说什么准备赴死之类的傻话，因为爸爸我总是想要努力活到一百岁，甚至一百零九岁，我想看到雷尔提斯出人头地的英姿，再好好称赞他一番，告诉他爸爸已经完全放心了，之后才死去。爸爸很贪心吧。不过，爸爸是真心希望能够这样。现在我活着没有任何乐趣，都是为了你们，才不得不努力生存下去，因为没有母亲的孩子是多么可怜啊！雷尔提斯和你都不会知道，为了孩子，再怎么辛苦的事我都愿意做。爸爸我啊，连这种事都想到了，也就是，在人生中一定要有一个人担任在最后一刻褒奖你们的角色。拿雷尔提斯来说，他在接下来的人生里，会为了得到众人的赞美而做出许多努力，这时就算全世界的人都赞美他，我仍会露出不高兴的脸，甚至羞辱他。因为那些赞美都是肤浅的，我才不会和那些人一样。不过，最后我一定会褒美他，这就是所谓最棒的赞美别人的角色，我会大声地赞美他，声音大到仿佛能贯穿天庭，等到那时，他就会庆幸自己一路走来努力不懈，会感谢神让自己活着。我为了成为最后那个大声赞美他的声音，无论如何也要活到一百零九岁，不，即使是一百零八岁也好。我之前一直担心自己能不能活到那个岁数，但最近我渐渐觉得这个想法很愚蠢。想要赞美孩子的时候，却反而必须责骂他，跟想生气的时候必须忍住不要动怒一样，都是令人痛苦的事。这么痛苦的事，除了我这个父亲以外，不会有人愿意代劳，这就是所谓的溺爱吧，这是为人父母的欲望。爸爸为了能让雷尔提斯顺利长大成人、出人头地，所以这痛苦的事也愿意做，但最近总是觉得好寂寞啊。不，从今以后爸爸还是会继续对你们说教的，就像刚才，对雷尔提斯耳提面命了那么多小事。但是说完之后，爸爸会突然觉得不安。也就是说，我渐渐开始了解，教育这件事，并不是如我所想的，只是引导孩子的心理而已，因为孩子总会看穿父母引导的伎俩。如何？爸爸也进步了不少吧。雷尔提斯很努力，但终究是男孩子，还是有心智单纯的地方，我的巧妙引导还是会让他上当，进而让他奋发努力，这是那孩子的优点。因为我知道这点，所以依然不时引导雷尔提斯，而且都成功了。刚才我一连说了一堆该注意的事，雷尔提斯一定觉得很烦，但他一定也知道爸爸终究是为了他着想，打心底感受到自己生存的价值后才出发的。但是，奥菲莉亚，喂，奥菲莉亚，再坐过来一点。爸爸从刚才开始就一直想说的是什么？你知道吗？

奥菲莉亚　父亲您要骂我。

波洛涅斯　又来了，马上又来了。爸爸我啊就是害怕你这点，尤其最近，爸爸更怕了。因为我的引导对你没用，马上就被你看穿，以前不会这样的啊。奥菲莉亚——没错，从刚才开始爸爸就一直在说你的事，爸爸非常担心你才那样说的，爸爸不会骂你的。既然爸爸不会骂你，为什么不把事情说得更清楚一点呢？就是这点让爸爸觉得寂寞啊。我其实没那么担心雷尔提斯，因为我那样大声地斥责，他才会振作起来。但是，奥菲莉亚，最近我越来越没办法骂你了，就连口气重一点讲点道理给你听都不敢，让爸爸时常感到不安的就是因为如此。原本想活到一百零九岁，但现在却放弃这个想法，也是因为如此。知道教育不只是引导孩子而已，也是因为如此。会觉得要做一个最棒的赞美者是愚蠢的，也是因为如此。让我觉得自己是不是快要死了，奥菲莉亚，说到底，都是因为你。奥菲莉亚，别哭，来，把你觉得痛苦的事情全部说给爸爸听。从刚才开始，爸爸就一直期待你开口。刚刚爸爸说了那么多无聊的事，都是希望能让你放松心情，对我开口坦白，爸爸我果然不能太常用这种伎俩啊，抱歉，我不会再这么狡猾了。来，爸爸已经不会再耍心机了，你就信赖爸爸，把想说的都说出来吧。你、你站起来要去哪里？不必逃了，来，坐下。你不说的话，那就爸爸来说吧。奥菲莉亚，刚才哥哥惹得你很生气，不是因为钱的事，对吧？

奥菲莉亚　父亲，您太过分了，我该说的都已经说了。

波洛涅斯　好吧，只好这样了。奥菲莉亚，你真是个笨蛋！雷尔提斯会生气也不是没有道理。今天早上某个仆役给了我难以入耳的忠告，虽然那是个出乎我意料的忠告，但和你最近无精打采的样子相比对一下，我就觉得似有其事。虽然我一直相信没有那种事，但还是想要在不伤害你的前提之下小心地问你。我也确实尽量用温和的语句问你了，但你还是保持沉默，甚至想从这里逃走。但是，我都已经知道了。奥菲莉亚，你们的恋爱很脆弱，一点纯真的地方都没有，甚至不洁。为什么要一直隐瞒我们呢？我倒也很看得起那个人的态度，面色泰然地穿着丧服，对自己不检点的行为视若无睹，反而说起国王陛下和王后殿下的不是。时下的年轻人谈起恋爱都是这样的吧？你喜欢就好。虽然身份悬殊，但现在也不像以前规矩那么多了。你为什么还不愿意坦承一切呢？克劳迪亚斯大人又不是个不明理的人。我自己年轻的时候也常常做错事，所以不会凶你们的。不过，一切都太迟了，已经闹得人云亦云，难以收拾了。笨蛋，你们真是笨蛋！没有用的，不管你再怎么哭都没用，再哭，爸爸都要受不了了。所以，雷尔提斯都知道了吗？

奥菲莉亚　没有。哥哥说，如果发生这种事，他绝对不会让那个人活下去。

波洛涅斯　果然。很像雷尔提斯会说的话呢。算了，还是别告诉他吧，如果让他跳出来干涉此事，会被他闹大。谁都无法承受这样的事吧。唉，女孩子就是这点讨厌。哼，奥菲莉亚，你就这样白白错过了皇后的王冠啊。

Ⅲ　高地

人物：哈姆雷特、赫瑞修。

哈姆雷特　好久不见！真高兴你来了。维滕贝格那边状况如何？大家都还好吗？应该都没怎么变吧？

赫瑞修　这儿好冷啊，不过有一股海滨特有的香气。海风直直往岸上吹来，真是冷得让人受不了。这里每天晚上都这么冷吗？

哈姆雷特　今晚还算暖了，前一阵子很冷，接下来会慢慢变暖。丹麦也终于要迎来春天了呢。对了，大家怎么样？都好吗？

赫瑞修　王子殿下，比起我们，您近来如何？

哈姆雷特　干吗用那么奇怪的语气啊？看来，你们也听到一些不好的传言了，维滕贝格就是容易起谣言。赫瑞修，你好奇怪，为什么这么见外呢？

赫瑞修　不，一点也不奇怪。倒是王子殿下，您真的一切安好吗？啊啊，好冷。

哈姆雷特　"王子殿下"吗？你以前不是这样叫我的。就像以前一样叫我哈姆雷特吧。完全变得像个陌生人似的，你到底为什么来埃尔西诺？

赫瑞修　抱歉，抱歉，哈姆雷特殿下果然还是跟以前一样呢，马上就生气了，看来很有精神啊，应该一切都很安好。

哈姆雷特　不要再用那种奇怪的语气说话了！你一定是听到什么不好的传言才来这里的，一定是这样。究竟是什么事？是怎样的谣言？说来听听。应该是叔父对你说了什么无聊的事吧，一定是这样的，他明明什么都不懂，却硬要说些不必要的话。

赫瑞修　不是的，国王陛下寄来的信情溢于言，他说因为王子寂寞，叫我来和您做伴，他没有多说其他的，文体精练，有礼得不得了，简直是令人动容的一封信。

哈姆雷特　你骗人，他一定在信上写了什么。我还以为这世上只有你是不会说谎的男子呢。

赫瑞修　哈姆雷特殿下，赫瑞修从以前就一直是您的好友，我不会说假话。那么，我就将我在维滕贝格听来的事情全都告诉您吧。不过，这里真的很冷，我们回房里去吧。为什么偏要把我带到这里呢？您一直盯着我的脸看，一句话也不说，把我带来这么寒冷又黑暗的地方之后才说："哎呀，好久不见。"连我都要起疑心了。

哈姆雷特　有什么好起疑的？原来是这样啊，我大概知道是为什么了，不过那还真让人惊讶啊。

赫瑞修　您知道是何事吗？总之，我们先回房里去吧，我没穿大衣来啊。

哈姆雷特　不，我们就在这里说吧，问题已堆积如山了，很想问你却又不能让其他人知道。这里虽然很冷，但很安全，你就忍耐一下吧。人只要怀有秘密，随时随地都觉得隔墙有耳。最近我的疑心病也越来越重了。

赫瑞修　我明白。这次的事令人十分遗憾，毕竟我也有幸和先王有过几面之缘……

哈姆雷特　可不是吗？我的叹息简直没办法停下来。算了，总之先听你说说在维滕贝格听来的事吧。你冷的话，啊，我的大衣给你穿。在文明先进的国家留学很长一段时间之后，皮肤也变得比较好了。

赫瑞修　不好意思。早知道就带大衣来了。那我就恭敬不如从命，借用您的大衣了。哦，这样就够了，穿上之后就暖和多了呢，谢谢您。

哈姆雷特　看来你还不打算讲啊，难道你是专程跑回丹麦受冻的吗？

赫瑞修　因为真的太冷了！真是非常抱歉，失礼了。启禀哈姆雷特殿下……咦，那边的暗处好像站着一个人。

哈姆雷特　你在说什么？那只是柳树而已啊，底下闪着微微白光的，是一条小河，那条河虽然不是很宽，但是蛮深的，之前都结冰了，最近才融化掉开始流动。你怎么比我还胆小！不是说在文明先进国家留学很久的话——

赫瑞修　留学很久的话，感受力也会变得更加细腻。所以，这里真的没有人会听到？不论我说出多么重大的事情都可以吗？

哈姆雷特　别再装模作样了，我从一开始不就说这里很安全吗？就是因为这里安全才带你来的啊。

赫瑞修　那么我就说了，请您不要太过惊讶。哈姆雷特殿下，大学里人们都传言说您发疯了。

哈姆雷特 发疯？真是胡说八道，我还以为是什么绯闻呢，真是愚蠢。你见到我，不就明白了吗？到底是从哪里传出这种谣言的？哈哈哈，我知道了，是叔父故意放话的吧？

赫瑞修 您怎么又说这种话了，国王陛下为什么要宣传这种无聊的事呢？绝对不是的。

哈姆雷特 真令人意外，你竟然这么干脆地否定了。山羊叔叔可是个浪漫主义者呢，我们成为父子之后，他感慨我们的心反而离得十万八千里远，彼此之间的亲子之爱转变成憎恨，他被自己的误解搞得悲伤不已；这次却又方向一转，因为先王去世，继子哈姆雷特承受不住悲痛的打击而忧郁、发疯，他只好背负起王家的不幸，毅然决定接任王位，这才是克劳迪亚斯的真面目啊。要是写成剧本，这个地方一定是个精彩的高潮。一定是叔父的宣传啦，因为他是个无论做什么事，都想吸引众人目光、夺取人气的人，才会这样把我当成笨蛋对待。他花了许多苦心想建立自己的地位呢，我看见他这样子都替他觉得可怜。不过，他到底为什么要到处放话说我发疯了呢？真过分，叔父真是个恶人！

赫瑞修　容我再说一次，这不是国王陛下故意宣传的。哈姆雷特殿下，真遗憾，看来您毫不知情呢。会传到大学里的谣言，来头绝对没有那么简单。啊啊，我不能再说下去了。

哈姆雷特　你说什么？你那故弄玄虚的口气真令人发毛。我叔父究竟对你说了什么？是要你来奉劝我好好反省，对吧？

赫瑞修　容我再说一次，国王陛下的信里只有请我来陪您聊天而已。我想国王陛下可能连做梦都没有想到，我竟然会把这么可怕的谣言传到您这里。

哈姆雷特　是吗？嗯，说不定真是如此，如果真的是叔父故意散布谣言到大学去，应该就不会做出把你叫来我身边这种危险的事，否则一切都会被识破吧。但如果不是他，又究竟是谁呢？我越来越搞不清楚了。不过无论如何，说我发疯也太过分了！虽然对现在的我来说，遇到了这么痛苦的事，如果真的发疯说不定还会好过一点。算了，这事待会儿再说。赫瑞修，你所说的谣言难道只有如此而已？听起来似乎还有下文。你说吧，我没事的，没事。

赫瑞修　无论如何都得说吗？

哈姆雷特　你很烦人。是你自己要说出来的，只说了一半，现在又胆小得想要逃避。难道维滕贝格最近流行这种无病呻吟的做作台词吗？

赫瑞修　那我就说了。既然您如此侮蔑赫瑞修的诚信，我就全都告诉您。希望您可以平心静气听完，因为真的只是不值一提的无聊谣言，臣赫瑞修原本就不相信这种空穴来风的传言。

哈姆雷特　这种事无所谓啦。我还是第一次听你用这么生硬的语气说话呢，我要生气了。

赫瑞修　启禀殿下，那个谣言，是关于最近埃尔西诺王城里出现的幽灵——

哈姆雷特　这也太夸张了吧，赫瑞修，你是说真的吗？我都要笑出来了！太蠢了吧！维滕贝格大学也堕落了，标榜的独立科学精神到哪儿去了？可能因为最近大学兴盛戏剧研究，所以有些不太聪明的笨蛋研究生端出了这种烂剧本，但即便如此，幽灵？想象力也太匮乏了吧。要是大家都觉得这剧本有趣而引起骚动，这表示最近大学的质量也低落了。"幽灵·哈姆雷特的疯狂"，嗯，颇像是下三烂的戏会取的剧名。叔父常常告诉我大学很无聊，看来是真的。叔父还蛮聪明的嘛。如果我跟那些无聊的家伙继续交往下去，跟他们一起随着幽灵的谣言起舞，我想叔父也会打心底不知该如何是好吧。真是的，就没有聪明一点的谣言能传吗？

赫瑞修　我是不相信这个谣言的，但请您不要说母校的坏话，我会感到有些不舒服。

哈姆雷特　失敬，失敬。但你不一样，连叔父那种人都大力称赞你啊！他说你是个诚实的男子，还说既然我不能去维滕贝格，那就把赫瑞修叫来好了。其实我不想回大学，但我想见你一面。

赫瑞修　殿下，我向您宣誓我的忠诚。另外，容我再说一次，刚才我告诉您的奇怪谣言，绝对不是从维滕贝格大学传出来的，为了维护母校的名誉，这点我一定要向您澄清。这则谣言是从埃尔西诺的城外发起的，后来传遍整个丹麦王国，最后才传到国外大学的留学生耳里。这谣言实在太无礼、太恶劣了，就连赫瑞修也不禁气结。哈姆雷特殿下，之前您真的没有听到一点风声吗？

哈姆雷特　这么蠢的事我怎么会知道？不过看来这谣言传得很广啊，谣言一旦传得远，听的人也就无法当成笑话一笑置之了。不知道叔父和波洛涅斯那些人知道了没？那些人的耳朵到底长在哪里？就算听到了也会装作没听见吗？那群人真是会装模作样。赫瑞修，那到底是什么样的幽灵？

我也有点好奇。

赫瑞修　在那之前，我有件事无论如何都想请问您，可以吗？

哈姆雷特　赫瑞修，我变得有点怕你了。快说吧，把所有事情都说出来，你再这样拐弯抹角，我都想跟你绝交了。

赫瑞修　那我就说了。您应该会觉得这只是一件小事，还会取笑我想太多，我有自信您会做出这样的反应。不过，为了以防万一，我还是得请问您，哈姆雷特殿下，您相信当今国王陛下的人品吧？

哈姆雷特　真是个意外的问题。嗯，这是个难题啊，伤脑筋，该怎么说好呢？啊啊，好难啊。现在提这种问题干什么？不回答也无所谓吧。

赫瑞修　不，有关系。如果您现在不能明确回答我，我就无可奉告。

哈姆雷特 真麻烦，你变得更固执了呢，以前不是这样的。算了，我就回答你吧。到底为什么现在还来问我这种事啊？叔父他虽然有些不检点，但不算是个坏人。可是你问我相不相信他的人品，这我也说不上来。是不是有什么关于叔父的丑闻？说他坏话的人肯定很多吧，这次的事情也相当棘手，不过那当然不是叔父一人的决定，而是以波洛涅斯为首的众臣共同考虑之后才成立的，再说以我现在的实力，也不是说想即位就能马上即位的。如今正是丹麦艰难的时刻，随时都有可能和挪威引发战争，我现在还没有足够的自信能领导国家，所以叔父即位，我反而觉得轻松呢，是真的。我没有任何不愉快，因为还想和你们腻在一起谈笑打闹啊。而且本来就是叔侄嘛，是最近的血亲啊。我对叔父说了很多任性的话，故意惹他生气，有时也轻蔑他，也常会故意闹别扭、不回他话，不过这就是叔侄之间的相处方式啊，我有时其实是在向叔父撒娇，叔父一定也能理解我的。他是个好叔父，我觉得他的确是可靠的，但说到底他都只是个山羊叔叔嘛，不仅懦弱，也没有什么厉害的政治手腕，所以才会令人失望，即使他做了许多努力，但那些本来就不是他在行的事，真叫人遗憾。他叫我喊他父亲，我实在做不到，就连母亲也做了令我为难的事，大家都说为了巩固哈姆雷特王家的基础，这样是最好的做法，所以母后也被说服了，但事实又是如何呢？他们两个都一把年纪了，可能是抱着能有个陪自己喝茶的伴就好了的心态才结婚的吧，但我还是感到很羞耻。不过我尽量告诉自己不要想太多。没办法，身为人子，认为自己父母亲下流、低贱，是绝不可取的恶德，像我这样恶劣的人子，是不配为人的，不是吗？我曾经寂寞得无以复加，现在则尽量要自己不去想，反正世上没有任何东西是凭着我一己的爱恨欲念而运转的，所以，他们的事就交给他们自己处理吧。如何？我这样的回答够了吧。反正事情很复杂，不过叔父不是个坏人，只有这点是确定的。他也许能当个小小的谋士，但绝不是大逆不道的恶人，他成不了什么气候。

赫瑞修　谢谢您，哈姆雷特殿下。听到您这么说，我就完全放心了，请您以后也不改初衷，继续相信

国王陛下。我喜欢现在的国王陛下，他知书达礼又
为人敦厚。哈姆雷特殿下，您刚才说的话，令我勇
气倍增，我向您致谢。哈姆雷特殿下，您果然像从
前一样开朗呢，判断明快，毫不犹豫。真好啊，我
太开心了。

哈姆雷特　别拍我马屁。你怎么突然一下子心情又
变得这么好啊？真会自得其乐。赫瑞修，你也还是
像从前一样，个性毛毛躁躁的呢。所以呢？还有什
么谣言？说我发疯、有幽灵出现，然后呢？还有什
么？难道有老鼠吗？

赫瑞修　是比老鼠还要愚劣的谣言，不堪得难以说
出口、毫无道理，简直是丹麦之耻啊！哈姆雷特殿
下，我就告诉您吧，不，那简直是无礼到了极点，
奇怪至极，肮脏低级！

哈姆雷特　够了，你用了那么多形容词，但什么也
没形容到，难不成你也加入了维滕贝格大学的戏剧
研究社？

赫瑞修 是这样的，我的确是有点想要演演忧国诗人的角色。现在我真的放心了，刚才哈姆雷特殿下作出如此明快的判断，我才能放宽心开开玩笑。哈姆雷特殿下，请您不要取笑我说的话，事实上，有个愚蠢的谣言正在流传，您听了一定会笑出来的，可是这个谣言已经传遍整个丹麦王国，还传到身在国外大学的我们的耳里，所以我想也无法轻易地一笑置之，您得谨慎应对才行啊。虽然我连说出来都觉得蠢，但还是希望您不要笑。哈姆雷特殿下，谣传先王的幽灵每晚都会出现，要求您……替他报仇啊。

哈姆雷特 要求我？好奇怪。

赫瑞修 真的，太不像话了，而且不只如此，还有更愚蠢的后续。谣传里，那个幽灵是这么说的："吾辈为克劳迪亚斯所杀，因克劳迪亚斯恋慕吾妃——"

哈姆雷特 这太夸张了，怎么可能恋慕啊？我母亲都戴全口假牙了。

赫瑞修 所以我才说您听了不要笑出来啊，请继续听下去，还没完呢。幽灵说："他为横取吾妃、夺得王位，于吾午间小寐、警戒松懈之时潜近吾身，于吾耳中灌入剧毒，事实如此。此人计谋周全，是吧？哈姆雷特啊，汝若有孝心，切莫吞忍此恨！"

哈姆雷特 够了！我知道你是在模仿幽灵，但我不想看到你模仿我父亲的声音和容貌！死者为大，应该严肃以待。你玩笑开得有点过头了。

赫瑞修 对不起，我太入戏了。我绝对没有忘记先王的德望。都是因为这个故事实在太蠢了，所以才开玩笑开过了头，对不起。我的无心之过触碰到哈姆雷特殿下的伤心事，赫瑞修今后绝不再如此轻率。

哈姆雷特 不要紧的，我那么大声骂你也很失礼，太任性了，希望你不要介意。接着说吧，那个幽灵后来怎么样了？继续说下去，这谣言实在太异想天开了。

赫瑞修 是。那幽灵几乎每晚都会站在哈姆雷特殿下的床头，向您提出复仇的要求，哈姆雷特殿下因为恐惧、疑心和苦闷，才渐渐失去了理智。这根本是空穴来风。

哈姆雷特 这是有可能的。

赫瑞修 咦？

哈姆雷特 这是有可能的事哟。赫瑞修，如此过分的谣言在外流传，我觉得好难过。

赫瑞修 所以嘛，我不说出来还好一些。

哈姆雷特 不，我能知道绝对是好事。"汝若有孝心……"哈哈，赫瑞修，那个谣言是真的。我太容易相信别人了。

赫瑞修 您在说什么？您这么说就是恼羞成怒了呀。这只不过是一群贱民说的八卦罢了，哪有什么根据可言？

哈姆雷特 你不懂。我好不甘心。你不会懂的吧？被毫无根据的事情侮辱，跟被有着明确根据而起的传言中伤，哪一种比较令人不堪？你想一想。我一定会找出根据的。哈姆雷特王家的人，不论是父亲、叔父、母亲，还是我，因为这种毫无根据的事被人民嘲弄，我都无法忍受。一定有什么根据才会传出这种谣言。说不定就是因为真有什么依据，才会被传得煞有介事，而且如果真的有，我反而还比较轻松。我无法忍受无凭无据的不当侮辱。哈姆雷特王家已经被人民嘲笑了，叔父还真可怜，他都那么努力了，还被传出这种谣言，简直要让他前功尽弃。太过分、太令人不快了。我直接去找叔父，不找出点什么线索来我不能安心。赫瑞修，你会帮我吧？

赫瑞修 这件事我也有责任。啊啊，请交给我去办吧。哈姆雷特殿下，恕我失礼，但我觉得您似乎在闹别扭，而且是故意闹别扭，刚才还笑得那么无邪，不是吗？这原本就是个无凭无据的低俗谣言，您现在莽撞地去国王陛下那儿，可就闯了大祸呀，只会造成国王陛下的麻烦。我完全相信您刚下的明快判断，难道您已经忘记了吗？您刚才不是说信赖国王陛下的吗？难道那是随口说说的？

哈姆雷特 信赖有程度之分啊，侮辱也有程度之分。难道我的父亲是个变成幽灵就会说出这种肮脏愚蠢之事的人吗？唉，每件事都很愚蠢，既然这样，干脆我就真的发疯算了，会比现在开心吧。赫瑞修，我在闹别扭，我就是要闹别扭。你不懂，你不会懂的。

赫瑞修 晚一点我再和您好好谈一谈。臣赫瑞修一时失态，却没想到您会如此激动，哈姆雷特殿下，您果然一点也没变呢。

哈姆雷特 啊啊，当然没变，我一样是个善变的人。你说我冒失轻率也可以。我修养还不够啊，我不是个被别人当成笨蛋对待，还能一笑置之的大人物。赫瑞修，那件大衣还我，现在换我觉得冷了。

赫瑞修　谢谢您借我大衣。哈姆雷特殿下，明天我想再和您好好谈一谈。

哈姆雷特　如你所愿。赫瑞修，你在生气吗？啊啊，听得见海浪的声音呢。赫瑞修，今晚我想告诉你一个更大的秘密，你愿意再陪我一下吗？关于刚才你说的谣言，我还想跟你聊聊，然后我会告诉你一个令我痛苦的秘密。

赫瑞修　还是明天吧，我们彼此都冷静下来后再继续聊，今晚就请到此为止，我也想再仔细思考一下。我到底为什么不穿大衣来呢？

哈姆雷特　真是败给你了。你不相信别人激动的纯粹性，这样可不行，那就好好休息吧。赫瑞修，我是个不幸的孩子。

赫瑞修　臣知道，赫瑞修永远都会站在您这边。

Ⅳ　王后的起居间

人物：王后、赫瑞修。

王后　是我拜托陛下，把你从维滕贝格请来的。昨晚你见到哈姆雷特了吧？状况如何？是不是很糟糕？为什么那孩子突然就变成那样了呢？说的话没有一句是有条理的，动不动就发怒，我们以为他生气了，他却开始傻笑，当我们以为他心情变好了，他又当着一大群臣下的面哭哭啼啼，还会对陛下说些疯言疯语，像是"我吃定你了"之类的。为了他一个人，你不知道我吃了多少苦。以前他比较懦弱，经常一副畏畏缩缩的样子，但不是非常严重，偶尔会发明一些怪点子来逗我们笑，拥有非常天真无邪的一面。他父亲因为年老得子，所以非常疼爱他，我也就只有这么个儿子，所以只要他喜欢，我们都依着他，但这样的教养方式，对那孩子来说并不好。父母亲都上了年纪才生的孩子，似乎能力都不及人。但他也不能永远这样赖着父母撒娇。这孩子很喜欢他那过世的父亲，就算上了大学，休假时回到城里来，也总是从早到晚一个人待在父亲的起居间里不出来。小的时候更严重，只要一看不到父亲的踪影，就马上心情不好，到处问侍从："父王在哪里？父王在哪里？"问得我们都拿他没办法。对那孩子而言，父亲心脏病意外去世，一定顿时手足无措吧。自从先王骤逝以来，那孩子就变得很奇怪。再加上我……嗯，说来很难为情，但为了丹麦王国着想，我便和克劳迪亚斯大人结为名义上的夫妇，这件事对那孩子而言也是相当意外吧，他才会变得更加郁郁寡欢。仔细想想，就觉得那孩子真可怜，会变成那样子也不无道理。但是，那孩子可是丹麦王国的王子哈姆雷特啊，终究是要继承王位的人，总有一天父母都会离他而去，他若还是这么爱哭、爱闹别扭，会被臣子们瞧不起的。现在是一个重要的时刻。虽然我和克劳迪亚斯大人结婚，但我并不会搬到其他的城，我还是会像现在一样，毕竟是哈姆雷特的生母，所以会继续和他一起生活，而且当今的国王也不是陌生人啊，是以前和哈姆雷特很亲近的叔父，哈姆雷特要是能把他乖僻的想法改一改，一切就圆满了。克劳迪亚斯大人也一改过去许多轻浮的行为，为了立下不输给先王的功绩而努力不懈着。

他也很担心哈姆雷特，但毕竟是亲戚，现在又是继父子的关系，彼此之间有许多顾虑，我夹在他们二人之间，总是觉得提心吊胆的。哈姆雷特现在就是完全不把他叔父当一回事，这样是不行的，好歹都成了父子，哈姆雷特应该尽到为人子的礼仪，毕竟，他已经不再是以前的山羊叔叔了。丹麦王国如今正处在危急之中，听说挪威已经派出军队逼近国境了，这么重要的时刻，那孩子却不知在搞什么鬼。要是他态度能好一点，和我们亲近一点，那么埃尔西诺王城的人心就能安定，陛下也能专注于外交谈判，有更好的表现。真是个笨孩子啊。我认为他身为丹麦王国王子的自觉还不够，都已经二十三岁了，却还像个小女孩一样，一天到晚追在先王和母后后头。赫瑞修，你今年几岁了？

赫瑞修　托您的福，今年二十二了。

王后　是吗？哈姆雷特大你一岁，算起来应该是你的兄长，但你体格健壮，学校成绩也好，态度又非常沉稳大方，看起来比哈姆雷特还成熟五岁呢。令尊令堂都还好吗?

赫瑞修　多谢王后的关心,家父家母还是一样住在乡间的城堡里,每天都过得优哉安乐。这都是托国王陛下的仁政之福啊!

王后　我很羡慕你母亲,有一位这么优秀的儿子,是多么骄傲的事啊!相较之下,我在哈姆雷特身上完全看不出他将来的成就,他总是因为一点小事就伤心不已、又哭又骂——

赫瑞修　恕我反驳您的话,哈姆雷特殿下……不,是王子殿下……不,哈姆雷特殿下绝对不是那么差劲的人,他是我唯一尊敬的人,反倒我才是不成器,总是冒冒失失的,老是被哈姆雷特殿下骂。我非常喜欢哈姆雷特殿下,所以站在他面前时总是语无伦次。哈姆雷特殿下很聪明,我心里想的事,总是还没说出口,他就知道了。我完全比不上他。

王后　这也不能算是那孩子的优点。我了解你想要袒护好朋友的心情，但也不必特地举出那孩子的缺点来褒扬他。那孩子从小就特别会看人脸色，但这反而是性格懦弱的证据，这对堂堂男子汉而言，是不必要的技能。

赫瑞修 恕我反驳您的话，我认为您不能把哈姆雷特殿下讲得如此一无是处。我的母亲从来不会比我先进卧室就寝，总会一直保持清醒，直到我睡着为止，就算我对她说："你先去睡吧。"她也绝对不会先睡，而会说："你不只是我一人的孩子，你将来会成为国王手下的一位优秀臣子，我是为了国王照顾你，所以绝对不能做出失礼的事。"像我这样不成器的孩子，我母亲也打心底敬爱我，这使我想要更努力。王后殿下，您把哈姆雷特殿下批评得有点过头了，会让哈姆雷特殿下无地自容的。王后殿下，您忘了吗？您刚才说，哈姆雷特殿下是丹麦王国的王子，他不仅仅是王后殿下一个人的孩子，也是我们从今以后该舍身守护的主人。请您更加珍惜哈姆雷特殿下。

王后 哎呀哎呀，真没想到我反而被你要求呢。我了解你对哈姆雷特的忠诚之心，但果然还是稚气未脱，不许你再用这么高傲的语气说话。亲子之间的真情，不是外人能了解的，也绝对不是能常常挂在嘴边的事。令堂的确是位贤母，和我的做法或有不同，但我绝对不会故作清高地说出来。亲子之间的事，让亲子来处理就好。臣子的立场和王家的立场相当不同，所以，我不允许你再这样因为一时的狂热而作出失礼的指责。哈姆雷特对你说了些什么？

赫瑞修 启禀王后殿下，并无任何异样——

王后 你不必突然用这么生硬的敬语，这没关系，你刚才的活力都到哪儿去了？这样会被别人说你跟哈姆雷特很像哟。男孩子就要像个男孩子，就算被斥责，也要面不改色地应答。哈姆雷特又说了我们的坏话，对吧？

赫瑞修 恕我反驳您的话……不，恕我、恕我……斗胆……

王后 你在说什么啊？男孩子被吓得抖成这样是很难看的。除了你鲁莽的指责，不管是要反驳我，还是其他任何事，我都允许你，你就像个男子汉一样直截了当地说出来吧。哈姆雷特说了什么关于我们的事吗？

赫瑞修 哈姆雷特殿下说他深感遗憾，并对您致上同情。

王后 同情？遗憾？都好奇怪。你是不是又在袒护他？是不是他又用了什么方法封住你的口？

赫瑞修 不是的，恕我反驳您的话，哈姆雷特殿下并不是个会做出封住我的口这种卑劣行为的人。哈姆雷特殿下无法当面对别人说的话，背地里也绝对不会说出来，如果他有想说的话，一定会当面对别人说。大学时代的他就是这样的人，现在一定也是如此，哈姆雷特殿下一直都是这样的人。

王后 你只要一说到哈姆雷特，口气马上就变得强硬，也变得更大声了，看得出来你们相当要好。哈姆雷特总是忘记自己的身份，又从不知吝啬为何物，所以才很受晚辈欢迎吧。

赫瑞修 王后殿下，我无可奉告，我不会再作任何回答。

王后 我不是在说你。你不是哈姆雷特的好朋友吗？不只是哈姆雷特，连我也需要你的帮忙。像现在这样和你谈话的过程中，我也了解了许多事情。你冲动易怒的个性，真的很像哈姆雷特呢。现在的年轻人似乎都有相似之处。别吓得脸色发白，更坦诚地告诉我吧。哈姆雷特不是个会背地里说别人坏话的孩子，这件事我还是听你说了才知道，如果这是真的，那我也会感到高兴，没想到那孩子也有优点啊。

赫瑞修 所以我刚才——

王后 够了！我不会原谅你逾矩的指责。你们总是这么容易激动，这样是不行的。哈姆雷特又为什么会说遗憾或同情我们之类的话呢？一点也不像平常的他。你说的都是真的吗？

赫瑞修　王后殿下，现在就连我都替您感到遗憾。

王后　你又说这种话了。你们的坏习惯就是揶揄长辈。为什么替我感到遗憾？说，开门见山地说。我最讨厌这种故弄玄虚的语气。

赫瑞修　启禀王后殿下，因为王后殿下一点也不了解哈姆雷特殿下的心。哈姆雷特殿下昨晚语重心长地对赫瑞修说，他已是弱冠之年，却还造成叔父和母亲许多困扰，深感遗憾。哈姆雷特殿下也说，叔父代替他即位，他却不知道该如何帮助叔父。哈姆雷特殿下相信现王对他的爱，他有时会说些任性的话，或故意惹现王牛气，但那是因为叔侄之间的爱使他安心。哈姆雷特殿下又说："我们之间不是血缘最近的血亲吗？没什么好在意的。我可能是在向叔父撒娇，叔父应该能够理解我才对，但他却把我们之间的亲子之爱误解为憎恨，这太可笑了。"哈姆雷特殿下还说："我真的很喜欢叔父。"赫瑞修听到此话，感动得简直要喜极而泣了，我在心中大喊着丹麦万岁！哈姆雷特殿下真是位优秀的王子，不会随便怀疑别人，他的判断就像吹过麦田的春风一样，温和爽朗又明快，没有一点迟疑。哈姆雷特殿下对赫瑞修说到王后殿下时，也都充满着对亲生母亲的绝对信赖和骄傲。哈姆雷特殿下说："身为人子的我对叔父和母亲结婚这件事作出许多低劣的批评，这是最大的恶德，我不配为人。"

王后　谁？谁不配为人？你再说一次，再清楚地说一次。

赫瑞修　王后殿下，我想我应该已经说得很清楚了，哈姆雷特殿下的意思是，身为人子的他，对王后殿下再婚这件事进行许多不堪的想象，如此卑劣，缺乏德行，不如死了算了。哈姆雷特殿下的气质高尚，个性明快，他的人品仿佛山中的湖水那样澄澈，赫瑞修昨晚得了哈姆雷特殿下不少珍贵的教诲，哈姆雷特殿下是我们许多同学的模范。

王后 真是了不起，你如此褒奖哈姆雷特，听得我都要脸红了。你尊敬的人一定不是我的孩子，是另外一位刚好也叫哈姆雷特的优秀孩子吧。我怎么也无法想象那孩子竟然会说出这么有男子气概的话。你为什么要处处隐瞒呢？没有亲生母亲不知道自己孩子的性格，不，应该说是弱点，因为那些弱点也就是母亲的弱点，我也不是个完美无缺的人，而我身为人的那些不足之处就这样悲惨地遗传到了那孩子身上。我对那孩子的每一件事都很清楚，连他右脚小趾那脏黑的趾甲顶端我都知道。你想在我面前指鹿为马，含糊交差，那是行不通的。你还有什么事在隐瞒着，请全部说出来吧。哈姆雷特如果真的像你刚才所说的那样，是个明理又直率的孩子，那我也就能放心了。但我就是无法相信，就是觉得你在对我说谎。你是个不擅说谎的纯真孩子。你刚才说到那孩子爽快的一面，其实我很早就知道了，昨晚是他故意露出良善的一面给你看的吧，不过除此之外，你似乎还在隐瞒些什么。见到那孩子最近的样子，马上就能猜到是什么事，但那孩子的本意绝不是像你所说的那样纯粹、令人信服，怎么想都只觉得，他只是故意对亲人撒娇闹别扭罢了。赫瑞修，你愿意说了吗？请告诉我真正的事实。正因为身为他的母亲，才会如此怀疑他的行为。你百般为哈姆雷特辩护，我也深感欣慰，哪有什么不值得高兴的呢？哈姆雷特有像你这样的好朋友真幸运。但我的担心是更深层的，如果真有什么事令那孩子痛苦，直接来告诉我不就好了？我每天都为此事烦躁不已，但哈姆雷特不是顾左右而言他，就是含糊带过。我只是希望哈姆雷特能让我这个做母亲的一同分担他的忧虑，在不被其他人知道的情况下把事情顺利解决。你懂吗？母亲就是这样愚笨的生物。虽然刚才对你说了许多哈姆雷特的负面评价，但这绝对不代表我讨厌哈姆雷特。这种话虽然是天经地义的，但要说出口还是很难为情的。在这世上，我最爱的就是那孩子，爱到超越了一切。我不忍心看那孩子一人闷闷不乐。赫瑞修，我请求你，请助我一臂之力。哈姆雷特究竟为何事所苦？你应该知道。

赫瑞修 王后殿下，我真的不知道。

王后 你又——

赫瑞修 不不不，很遗憾，我真的不知道。其实，昨晚……我相当失态。哈姆雷特殿下的内心确实如王后殿下所说，有特别的苦恼存在，也非常想要告诉我，但是我昨晚没有穿大衣，天气又非常寒冷，因此一直无法静下心来恭听哈姆雷特殿下的话。我真是个笨蛋，没办法帮上任何忙。这也就算了，昨晚我还差点铸成大错。王后殿下，真是太糟糕了，我简直成了一个特意从维滕贝格来此处放火的人。昨晚我在床上喃喃自语，完全无法入睡。责任全都在我，请务必让我戴罪立功，收拾这个残局。今天我还会和哈姆雷特殿下好好谈谈。

王后 你到底在说些什么？我一点也听不懂。你们说的话简直就像从云端降下的幽灵一般，完全无法理解，也完全猜不到个所以然。你说的到底是什么意思？是不是和哈姆雷特吵架了？真是这样的话，我可以替你做主。一定是为了无意义的哲学议论而吵架的吧？这没什么好担心的。

赫瑞修 王后殿下，我们已经不是小孩子了，事情没有那么单纯。我在一个平和的家庭中放了火，背叛了所有我喜爱的人……我是犹大，不，我简直比犹大还恶劣。

王后 怎么突然就哭起来了呢？一个大男人，这样多难看啊。该怎么办呢？你们平常的游戏难道就是夸张地表演这种犹大放火的戏码，说些做作的话，然后又笑又哭的吗？真是难得一见啊，了不起。赫瑞修，你退下吧。今天就算原谅你了，但以后要多注意。

人物：国王、王后、赫瑞修。

王 原来你在这里啊，吾找了好久。啊啊，赫瑞修也在啊，那正好。今天早上你来请安的时候，吾因为太忙了，没办法好好跟你说话，但吾有很多想要跟你商量的事。怎么没什么精神？发生什么事了？

王后 我已经叫赫瑞修退下了，他说他是个像犹大一样放火的人，这么一个大男孩，说着说着竟然就哭起来了。真是没用。

王 犹大放火？这吾倒是第一次听到。一定有什么理由吧。王后你也不能因为这么一点小事就动怒。赫瑞修是个认真老实的人。待会儿我们再好好聊一聊。

赫瑞修 恕我失礼，其实是我一时分心，我见到王后殿下展露出对孩子的真情，不禁铭感五内，变得语无伦次。请您原谅我。抱歉让您见到我的丑态了。

王　赫瑞修，等等，你不必退下，留在这里。吾也有事想要告诉你。再靠近一点，因为这不是能大声说出来的事。格楚德，吾很惊讶。吾终于知道了，让哈姆雷特镇日心神不宁的原因，吾终于知道了。

王后　是吗？果然是因为我们的事？

赫瑞修　不，责任全都在我身上，请务必让我——

王　你们两人都在说些什么呀？先冷静下来吧。吾也坐下来好好讲，赫瑞修，你坐这里，吾有想要与你商量的事。吾刚刚才从波洛涅斯那里听到这件事，感到十分惊讶，完全是吾想不到的事，波洛涅斯也向吾提出了辞呈。王后，你千万别太惊讶，冷静听吾说。吾虽然暂时压下了这件事，但这事很伤脑筋啊，是奥菲莉亚——

王后　奥菲莉亚？这样啊。我也一度怀疑过。

王　别站起来，格楚德，坐下。冷静一点，仔细想想。

赫瑞修，如你所听见的，这真是件颜面尽失的事。

赫瑞修　原来如此，这件事果然是有幕后主谋的。奥菲莉亚就是波洛涅斯大人的千金吧，她有着那么一张美丽的容颜，却捏造出毫无根据的谣言，恶意中伤如此和平的哈姆雷特王家，不只传遍丹麦全国，还散布到维滕贝格的大学里，真是个不可轻忽的人。那么，原因是什么呢？是因为恋情无法顺利结果而心生怨恨？还是——

王后　赫瑞修，你还是退下吧。你根本什么都不知道，只会说些梦话。是奥菲莉亚怀孕了。

王　王后！请你慎言！吾都还没说出口呢。这对男人而言是难以启齿的事，直接说出来是很残酷的。

王后　女人对身体的反应是很敏感的。不管是谁看到奥菲莉亚最近身子不适的情形，都会作出一样的怀疑。真笨。赫瑞修，你清醒点了吗？

赫瑞修　不，仿佛还在做梦。

王　这是当然的，对吾而言也简直像在做梦一样。不过这件事可不能就在我们的叹息中结束，所以，赫瑞修，吾有一件事要拜托你。你是哈姆雷特的好朋友，对吧，一直以来，你们都是无话不谈的好朋友吧。

赫瑞修　是的，到昨天为止我们都很要好，但现在我已经没有这样的自信了。

王　你没有必要露出一脸失望的样子。冷静思考一下，这也不是太令人意外的大事。这两个月里，先是先王的葬礼，接着是吾的即位大典和祝贺仪式，还有吾和王后的婚礼，这些事情都让城里忙成一团。在这混乱之中，哈姆雷特因为无法承受先王崩逝的悲痛，而转向某人寻求温柔的慰藉，那个人就是奥菲莉亚，他只是把温柔的抚慰误以为是恋爱。不知道哈姆雷特如今对奥菲莉亚抱持着什么样的情感，说不定已经开始渐渐冷淡了。如果是这样，事情就好办了。只要把奥菲莉亚暂时软禁在乡间，就能解决一切。这谣言已经在城里传得满天飞，波洛涅斯也怕得不得了，但不管是闹得多严重的谣言，只要过了六个月就会被大家遗忘。波洛涅斯会巧妙地帮吾处理奥菲莉亚的事，吾也会尽吾所能来解决。这件事就交给吾和波洛涅斯吧，我们绝对不会让奥菲莉亚的前途毁于一旦，这你可以放心。总之你先和哈姆雷特好好谈谈吧，要突破他的心防，问进他心中最真实无伪的底层。吾绝对不会做出伤害他的事。

王后　赫瑞修，这个请求让你很为难吧。如果是我，我会拒绝。罪魁祸首是哈姆雷特，他必须负起责任，应该让那孩子去承担一切的。国王就是太了解哈姆雷特了，虽然国王年轻时也放荡过，但和现在的年轻男孩的心情终究还是有些不同。

王　男人的心情不管到了什么年纪都不会变的，哈姆雷特一定会对此刻的吾打心底臣服。赫瑞修，你认为如何？

赫瑞修　我、我……我去问问哈姆雷特殿下。

王　嗯，那好，记得要问进他心坎里最无防备的地方，也要平缓地传达我们的想法。吾很看重你，那就拜托你了。因为哈姆雷特不久就要迎娶英国的公主了。

王后　那我去和奥菲莉亚谈谈。

V　走廊

人物：波洛涅斯、哈姆雷特。

波洛涅斯　哈姆雷特殿下！

哈姆雷特　啊啊，吓我一跳！原来是波洛涅斯啊，你站在那么阴暗的角落做什么？

波洛涅斯　哈姆雷特殿下，我一直在等您！

哈姆雷特　什么啊？好恶心，请你放手！我正在找赫瑞修，你知道他在哪儿吗？

波洛涅斯　请您不要顾左右而言他，哈姆雷特殿下，今天早上我已经提出辞呈了。

哈姆雷特　辞呈？为什么？出了什么问题吗？你太草率了，现在的你可是埃尔西诺王城里不可或缺的人啊。

波洛涅斯　您在说些什么？就是您这张天真无邪的脸孔，一直欺骗我到现在。昨天我终于听说了在城里流传的那则可悲的谣言。

哈姆雷特　谣言？什么嘛，原来是那件事啊，不过那也是件重要的事。我才是被你给骗了呢！听到那样的谣言，还能装得若无其事，这种事我可做不来。我原本真的毫无所知，昨晚才从某人那里听到，大吃一惊。但你竟然一直都不知道，真令我意外，这跟平常的你不太像啊，也太大意了。你不可能一无所悉。如果你真的不知道，那也许会引发必须引咎辞职的问题，但像你这样的人，不可能不知道。

波洛涅斯　哈姆雷特殿下，恕我失礼，您的精神状况真的正常吗？

哈姆雷特　你说什么？别把我当笨蛋耍！你这不是就亲眼看到了吗？难道，连你也相信那个谣言？

波洛涅斯　真是说谎的天才！真会模糊焦点！哈姆

雷特殿下，请您停止这种粗劣的手法，年轻人就该有年轻人的样子，您应该把话说得更清楚一点。已经没有什么事好隐瞒了，因为，昨天我已经直接从她本人那里听说了。

哈姆雷特 什么？你到底在说什么啊？波洛涅斯，你不觉得你说得太过分了吗？我从来不曾高傲地觉得我是你的主人，但你所说的话，就算是挚友也没办法一笑置之。我就如你们所猜测的，是个没用、软弱又游手好闲的人，没办法为你们做任何事，但我为了丹麦王国，也是随时可以牺牲性命而在所不惜的，我理当为哈姆雷特王家的将来尽心尽力。波洛涅斯，你说得太过分了。你干吗露出一副恶狠狠的样子，生这么大的气？这是很失礼的。

波洛涅斯 如您所见，我已经连眼泪都流不出来了。这就是我二十年来亲手拉扯长大的孩子吗？哈姆雷特殿下，波洛涅斯觉得这一切简直像在做梦。

哈姆雷特 真伤脑筋，波洛涅斯果然也上了年纪了呢，向来睿智的人竟然也会相信我发疯的谣言，完了完了。

波洛涅斯　发疯？说得没错，现在的您确实是发疯了，以前的哈姆雷特殿下无论如何都不可能像现在这样。

哈姆雷特　看来似乎大家都认为我疯了呢。这么说来，波洛涅斯，连你也相信那个谣言啰？

波洛涅斯　相信又怎样？不相信又怎样？事到如今您还在说什么啊？够了，请您停止那种卑鄙的口气。

哈姆雷特　卑鄙？我哪里卑鄙了？为什么说我卑鄙？你真的是太失礼了！我有必须向你道歉的事，所以一直以来都对你相当客气，就连现在，我都已经忍住好几次想要打你的冲动，才能在这里跟你说话，但你却对我越来越不敬，还滔滔不绝地含血喷人，我实在无法宽赦。波洛涅斯，我就明白地说吧，你是个不忠之臣，你竟然听信对叔父不利的谣言，嘲笑母亲，还以为我真的发疯了，你是哈姆雷特王家最可畏的背叛者！也没有提出辞呈的必要了，你现在就给我消失！马上！

波洛涅斯　原来如此，你还真有一手呢，出的这一招，连智者波洛涅斯都想不到啊。波洛涅斯的确是如您所说的，上了年纪了。原来如此，还有另一则不好的谣言，现在您只希望把那个谣言闹大，才能使大家转移焦点，不再注意另一个攻击你生活不检点的不利谣言。因为不想让自己的丑事被大家说三道四，就把别人的谣言添油加醋到处宣传，然后再露出一副苦恼的表情说："真伤脑筋啊！"原来如此，您的态度还真聪明啊，这样就改变了丑闻的风向，克劳迪亚斯陛下正在伤脑筋呢。啊，好痛！哈姆雷特殿下，您在做什么？太过分了！您竟然打我！啊！好痛！果然是疯了，我输了。

哈姆雷特　我还要打你另一边的脸颊呢，因为你的脸很油，很好打。我再也不想跟你说话了！

波洛涅斯　等等！我不会让你逃走的！哈姆雷特殿下，您果然很卑鄙，托您的福，我已经家破人亡了，我得避到乡间，变成平民百姓，当一个贫穷的老爷爷，度过我的余生。雷尔提斯也真可怜，刚勇敢地踏上前往法国的旅途，马上又得被叫回来了，那孩子的将来也变得一片黑暗啊！还有，还有——

哈姆雷特　我会和奥菲莉亚结婚，请您不用担心。波洛涅斯，既然你恨我恨成这样，我也不妨坦白地告诉你。我原本以为您是一个有度量的读书人，是一个爽朗、明理的好人，至少是一个会站在我这边的人。我有必须要向您道歉的事，关于那件事，我一直都想找时间和您谈谈，本来想请您帮助我的。如您所知，我跟叔父和母亲一直处不好，我很烦恼这件事，我也不是故意要和他们处不好，但我就是没办法，心里始终有条线跨不过去，没办法和他们好好相处。我没办法向他们坦承我痛苦的秘密，无论如何都没办法，每天晚上一个人夜不成眠地烦恼着。因为我没办法信任他们，我觉得，要是我真的向他们坦白，反而会造成反效果，所以最近我都尽量避开他们。我觉得好可怕，有一种晦暗的、令人不快的感觉，光是看到他们的脸都让我惊恐不已，使我什么都说不出口。他们不是坏人，总是为我操心，这些我都知道，或许他们都深爱着我，但是，我就是不喜欢，也不想跟他们商量。波洛涅斯，你是我最后一个可以依靠的人，就算我走投无路，仍能向你坦言一切，请求你的原谅，今后任何事也都可以找你商量。不知为何，我就是觉得你一定会原谅我们。刚才我被你叫住的时候，突然神经一紧，心想："时候到了！"这正是个好机会，我已经下定决心，要对你说出一切了，但一见到你苍白的脸，又一副手忙脚乱的样子，我突然就退缩了，正当我要逃走的时候，你又抓住我的手，说你提出辞呈了云云，你突然告诉我一件这么严重的事，我就觉得是不是有其他事发生了，接着你才说，是因为城里的谣言，我才想到，啊，原来是那件事啊。我绝对不是故意想转移话题的，我不是那么卑鄙的男人。

波洛涅斯 您真是辩才无碍，找借口的技巧真是高明。但是，我，波洛涅斯，已经不会再上第二次当了。事到如今，您也没有必要再搬出克劳迪亚斯陛下和王后殿下来刻意制造问题了吧。那些只是你拿来遮羞的道具，太牵强了。您果然还是想要模糊焦点。关于眼前的问题，就让我问得更直接一点吧。

哈姆雷特　疑心病还真重。既然你这么穷追不舍，那么我也说得更直白一点。到昨天为止，我的烦恼就只有一个，就是奥菲莉亚，只有这个而已。但是昨晚，我听说了另一件让我不愉快到了极点的事情，这件事比奥菲莉亚的事还要严重好几倍，然而你却马上露出冷笑，说我改变了丑闻的风向，又搬出一堆遮羞的道具云云。绝对不是那样的。昨晚我很痛苦，很寂寞，寂寞到无以复加，躲在被窝里哭泣，那是一种既愚蠢又愤怒，又令人心有不甘的感受。两个问题竟然诡异地缠络在一起了，我完全不知该从何着手。虽然说另一件事比奥菲莉亚的事严重，但这样的说法还是太过分了，奥菲莉亚的事还是一直萦绕在我心头，再加上这一次令人恐惧的疑惑铺天盖地而来，层层乌云不停翻涌、飘流，覆过我的心头，我的痛苦膨胀到三倍、五倍之多，昨夜我真的未曾合眼。如果真的发疯，也许就不会觉得那么痛苦了，波洛涅斯，你懂吗？我曾有一丝念头闪过，心想：你说城里流传的可悲谣言，难道就是奥菲莉亚吗？但不管怎么想，总觉得另一个更沸沸扬扬的谣言才是问题所在，所以才想问问那件事，我绝对不是故意装傻。被你说成出了这一招什么的，我真的感到非常不快。很抱歉，因为一时激动而打了你，是我失态了，但也请您停止那样令人不快的口气。如果是奥菲莉亚的事，不用担心，我会跟她结婚。这是当然的，不管有多大的阻碍都非结不可。我深爱奥菲莉亚，但令我痛苦的，是得向国王和王后坦白我们的事，并得到原谅和准许。但我打死都不愿意低声下气地求他们。再加上昨晚听到那样的传言，更让我觉得向他们敞开心扉是件极其痛苦的事。总之，我想先探出那个谣言的来源，那谣言一定藏着什么秘密，一定有的，我有这样的预感。如果是毫无根据的传闻，那我就轻松了，说不定我反倒可以趁这个机会，向他们为我日常的无礼举动道歉，他们或许还会就此释然而开怀大笑。总之，我想要深入探究这个谣言的真伪，因为一切都是由此而起的。

波洛涅斯，你懂吗？奥菲莉亚的事请你暂时搁在一边，我绝对不会不负责任的。啊啊，波洛涅斯，我仿佛得到了勇气，从今天起，我就是个有勇气的男人了。人在坠落到痛苦深渊的最底部，无处可逃时，反而会得到新的勇气呢。

波洛涅斯　看来还是危险啊。哈姆雷特殿下，您还年轻，您所说的话，我就是无法信任。虽然您说得到了新的勇气，但只有勇气是不可能诸事顺利的。还有，自古以来，把获得勇气的当下说得如此夸张的人，都是金玉其外、败絮其中的。痛苦、寂寞、乌云翻涌这些做作的言辞，绝不是一个优秀男人能随便说出口的。听到这些话，我实在无法当真。你都已经到开始长胡子的年纪了，还说这些话，实在让人难为情。你到底要这样成天做白日梦到什么时候呢？请振作一点。从刚才您所说的话里，我只能够明白您并不是只把奥菲莉亚当成一时的慰藉，我替您深感同情，但是，接下来才是真正的难关。波洛涅斯愿为您尽微薄之力，您自己要是不努力一点的话，老臣可就为难了。真的拜托您了，乌云翻涌之类的言辞，今后请尽量不要再说了，我完全听不下去。老是发牢骚怎么行呢，都已经快要是一个孩子的爸了。

哈姆雷特　可是，可是这就是我觉得痛苦的原因，难道痛苦的时候，不能说我很痛苦吗？为什么？我就是个会直接把想到的事说出来的人，当真心感到寂寞，我就会说出"寂寞"二字，因为觉得自己真的得到勇气，才会说我得到勇气了，我没有玩任何文字游戏。或许你觉得"乌云翻涌"是既夸张又低劣的形容词，但对我而言，那就是我眼睛所见的事实，是实际的知觉感触，甚至能称为真实。因为你跟奥菲莉亚的血缘相系，所以我也一样爱你，这点请你放心，我都是依据真实，一字一句说出来的。唉！我就是太信任别人，我太沉浸在自我的爱里了。

波洛涅斯　哈姆雷特殿下，这些都不重要，这个世界不是哲学教室，您应该……恕我失礼，您应该也不打算成为圣人贤者吧。就在您模仿贤者的口气，诉说着爱、真实、乌云的时候，奥菲莉亚的肚子正一刻刻地变大，只有这个是我所看到的事实。虽然你说你也爱我、叫我放心，但我实在说不出什么感谢之语，反而觉得你只是在给我找麻烦。现在就只有奥菲莉亚——

哈姆雷特　所以，就是因为……啊啊，你不懂，你不懂啦。你安心就是了，因为，真正让我痛苦的是——

波洛涅斯　不要再说痛苦这个词了，我听了都起鸡皮疙瘩，从刚才到现在你说了这个词不下百次。痛苦的不是只有你，托你的福，我们一家都被你害惨了！我已经提出辞呈了，明天之前非得出城不可，情况非常急迫，哈姆雷特殿下，我请求您的帮忙。为了您，也为了波洛涅斯一家，该采取的手段就只有一个。我昨晚一夜未眠，才想到这个办法。哈姆雷特殿下，请您帮忙！

哈姆雷特　波洛涅斯，你怎么突然说这些？像我这样的晚辈怎么能帮助到您呢，别开我玩笑了。你才是还在睡梦中的人吧?

波洛涅斯 梦?是啊,说不定真是梦。但这已经是穷途之策了。哈姆雷特殿下,您相信波洛涅斯的忠诚吗?不,这种事已经不重要了,恕我多嘴。哈姆雷特殿下,您愿意站在正义这一方吗?

哈姆雷特 好恶心,你怎么突然变成浪漫主义者了?简直反了,我反而是现实主义者了。我从未想过会从你口中听到"正义"或"忠诚"这些字眼。到底怎么了?突然如此垂头丧气的,怎么了?你在想些什么?

波洛涅斯 哈姆雷特殿下,我在想一件很可怕的事。我是为了自己女儿的幸福,连国王都不惜背叛的人。我是个坏人,对吧?我这就一五一十地全部告诉您。啊,糟了,赫瑞修来了。

人物：赫瑞修、哈姆雷特、波洛涅斯。

赫瑞修 哈姆雷特殿下，您、您好狠啊！我的脸丢大了，您却一直故意不告诉我，真过分！昨晚原本是我不好，我光顾着说一堆不必要的事，而且天气又太冷了，才没办法好好听您说话，没想到那是一切失败的根源。可是，我都知道了，哈姆雷特殿下，这可真是件大事啊，您一定很担心吧？那么现在呢？哈姆雷特殿下意下如何？此时此刻，哈姆雷特殿下的意思才是最要紧的问题啊。

哈姆雷特 你一个人在瞎猜些什么啊？果然还是跟以前一样冒冒失失的。你在紧张什么呢？我不记得你做了什么丢脸的事啊。

赫瑞修 不不不，您这样装傻可不行。我刚才已经从国王陛下那里听说了一切。这可不是好笑的事啊，一定得慎重考虑。

哈姆雷特 你才在笑呢！不要故意逗我开心了，你到底听说了什么？

赫瑞修 您每次一装傻就会脸红，是因为看到您这个样子，才让我觉得害羞，忍不住笑了出来。

哈姆雷特 可恶！都被你看穿了！吃我一拳！

赫瑞修 来啊，打架的话我可不会输给您。哈哈，如何！能挡住我这招吗？

哈姆雷特 轻而易举！可恶，我要一招解决你！你根本就破绽百出嘛，要是被我抓住喉咙，可是会像这样发出"哔"的声音哦！

波洛涅斯 住手，住手！你们在做什么？怎么突然在走廊里粗鲁地打起来了？你们两个玩得太过火了，都给我停止！真是莫名其妙，先是一起大笑，又突然打成一团，到底是怎么回事？请住手！现在可不是让你们胡闹的时候！你们两个都把皮绷紧一点，够了，可以住手了。赫瑞修大人，这到底是怎么回事？这里可不是你的大学！

哈姆雷特　波洛涅斯，你不懂。我们很害羞的时候就会这样乱打一通，如果不分出个胜负，事情就没办法收尾。

赫瑞修　真是的，哈姆雷特殿下，我完全被您骗了呢，您太过分了。

哈姆雷特　其实也还好啦，我也有我的理由啊，嘿嘿。

波洛涅斯　哎呀，为何突然露出那么低级的笑容？我真是完全被搞糊涂了。事件其实很单纯。赫瑞修大人，请您往这边靠一点，哎呀，连衣摆都破了，您不能再这么粗鲁了。我家的雷尔提斯也是个粗鲁的孩子，不过可没像您这个样子啊。哈姆雷特殿下，您也冷静一点，现在是个重大的时刻，可不是让你们搞笑、胡闹的时候。赫瑞修大人，请您一定要助

我们一臂之力，接着，我希望我们三人能好好谈一
谈。那么，赫瑞修大人，您刚才从国王陛下那里听
说了什么事？请您告诉我。我从今天开始就是站在
哈姆雷特殿下这一边的人了，请您信任我，不管什
么事都请让我知道。国王陛下对您说了什么？

赫瑞修 国王陛下说，吾很惊讶，仿佛像做梦一样。

哈姆雷特 然后他就说了我的坏话吧？

赫瑞修 殿下，可别这样妄自猜测啊。国王陛下其
实很清楚事情的来龙去脉，不过，到底是什么呢⋯⋯
总之，他说他很惊讶。

波洛涅斯 我听得一头雾水。请您再说得更清楚一
点，国王陛下的意见究竟如何？

赫瑞修 呃⋯⋯那个⋯⋯不，那个⋯⋯其实，其实
是很老套、很无聊的事，我都听傻了。我了解哈姆
雷特殿下的心情，但是国王陛下误解得很严重，我

太过惊讶，后来就惶恐地退下了，结果……唉，我
完蛋了。

哈姆雷特　我知道，他说绝对不会饶了我，对吧？
还说快要迎娶英国的公主了，是吧？我都知道。

赫瑞修　正是。不，比那还要严重。他说哈姆雷特
殿下对奥菲莉亚小姐也差不多开始冷淡了，所以，
将奥菲莉亚小姐软禁在乡下一阵子，事情就解决了。
因为针对人的谣言，只要两个月……不，是五个月，
嗯……还、还是六个月啊？反正，国王陛下就是这
样说的，他不会对奥菲莉亚小姐不利。国王陛下说
出这种方法绝对不是恶意的，这点请不要误解。只
是，国王陛下误会了。总之，我只是先将国王陛下
的好意传达给哈姆雷特殿下。王后殿下则是一个人
在那儿笑，看起来似乎很了解哈姆雷特殿下的样子。
所以，我们就去请求王后殿下吧，还是有希望的，
国王陛下那边，我想是不太可能了，完全行不通，
因为他实在太古板了。

哈姆雷特　赫瑞修，不许胡说八道。这不是古板或新潮的问题。所谓的现世主义者就是那样的人，叔父他只相信现世的幸福，所以这对叔父而言是想当然的做法，我从一开始就知道他会这么做。但问题就出在这里，就是这让我痛苦。我不知道我该忍受、服从、逃走，还是堂堂正正地和他战斗，或是要假装妥协、欺瞒，还是说服他。To be, or not to be[1]，我不知道该选择哪一边。因为我不知道，所以才痛苦。

波洛涅斯　两次！您说了两次"痛苦"了！您一边表情夸张地说出一堆看似很有哲理的话语，一边无意义地叹着气，简直像三流演员的演技，实在很难看。国王陛下所说的事，其实我也已经有了心理准备，不能为了这点小事就惊慌失措。波洛涅斯我明白国王陛下的处置，所以才提出辞呈的。现在能拜托的人，就只有哈姆雷特殿下您了！我有我的考虑，赫瑞修大人，也请您帮忙，这一切都是为了哈姆雷特殿下啊。来吧，赫瑞修大人，请您发誓，请您发誓绝对不会将我接下来说的事讲出去。

---

1 《哈姆雷特》的经典台词，意为"活着，还是死去"。

赫瑞修 为什么？波洛涅斯大人，为什么突然要这么严肃？

波洛涅斯 这都是为了哈姆雷特殿下啊。您不愿意发誓吗？

赫瑞修 我发誓，我发誓。因为实在太唐突了，和刚才所说的简直是牛头不对马嘴，所以我才突然傻住的。我发誓。只要是为了哈姆雷特殿下，我愿意做任何事情。

波洛涅斯 我相信你。那么，我就说了，哈姆雷特殿下，刚才我正打算要说的话，因为赫瑞修大人来了，被打断了，我要说的是，其实最近在城里，还有另一则黑暗的谣言，而且波洛涅斯相信那则谣言。

哈姆雷特 什么？你相信？蠢蛋！我看发疯的人是你吧！如果你没疯，就是你故意以这种谣言威胁国王，硬要把奥菲莉亚嫁给我，真是卑鄙下贱的恶劣手段！肮脏，太肮脏了！波洛涅斯，你刚才也这么说，你说你是个为了女儿的幸福，不惜背叛国王的人，嘴上还念着你是个坏人之类的话。那时候我不懂你在说什么，但现在我都懂了，波洛涅斯，你真是个可怕的人。

波洛涅斯 不是的！不是这样的，我的想法已经改了。我从头再说一遍吧。我听说先王幽灵出现的谣言，是最近的事，我觉得很伤脑筋，正打算找国王商量，采取一些适当的对策，但看国王最近心事重重的样子，我就犹豫了，不知道该不该找他商量。因为似乎很难和他好好沟通。我就坦白说吧，我也渐渐开始怀疑起国王陛下了，虽然总觉得是无稽之谈，但看到国王的样子，还是感到不太对劲。那种感觉我至今从未对任何人说过，一个人闷在心里，期待有一天这件事可以自然而然地解决。我也希望是我杞人忧天。但是，刚才因为太同情我可怜的女儿，一时之间便只想到用恐怖的手段，也就是刚才哈姆雷特殿下所说的丑恶之事。但是，波洛涅斯绝对不是不忠之臣！请您一定要相信这一点。那个念头真的只出现了一下子而已。我说我昨晚一夜未眠才想出这法子，其实是骗您的，上了年纪的人提到孩子的事，常会因为太激动而口无遮拦，连我也不例外，所以才对哈姆雷特殿下说出了夸张的言辞。一瞬间，真的只有一瞬间而已，但那想法太过丑陋，连我都不自觉打了冷战，所以反而在突然间疯狂地爱上正义的灵魂，不能自已。比起奥菲莉亚的事，我更想先确认那则不祥谣言的真伪，因为我发现，那件事不只是臣子的义务，更是生而为人该尽的义务。哈姆雷特殿下，我现在已经是和您站在同一边的人了，从今天开始，请让我也加入你们年轻人的行列吧。世上只剩下这个能够信赖了，就是青年的正义。

哈姆雷特　你太奇怪了，这样我们多不好意思啊。总觉得不太对劲。赫瑞修，人生总是充满了许多无法预期的事呢。

赫瑞修　我相信他。波洛涅斯大人，谢谢你，我相信你，感激不尽！不过，我也觉得哪里怪怪的，毕竟实在太唐突了。

波洛涅斯　一点都不奇怪。会这么觉得是因为你们太胆小了。也说不定是我已经自暴自弃了。不，不对，是正义，正义！这真是个好词。从现在起我要奋进，请你们帮助我。我们三人先去试探国王陛下吧，虽然这可能很失礼，但一切都是为了正义！我们先去试探一下国王陛下的脸色，找出确切的证据，如何？我有一个好主意，请你们听听。因为这一切都是为了正义！我该行的道路就只有这一条。

哈姆雷特　你一直搬出"正义"这个词，我们也只好认输了。波洛涅斯，你精神错乱了吧？都一把年纪了还这样，真难看。冷静一点！你是认真的吗？你真的相信那个愚蠢的谣言吗？不可能吧？难道你心里还有什么计谋？

波洛涅斯　您在说什么傻话呢。哈姆雷特殿下，您是个可怜的孩子，什么都不知道。

赫瑞修　哎呀，这可不行，波洛涅斯大人，请打消这念头，国王陛下是个好人啊，哈姆雷特殿下也说，他是打心底爱慕着国王陛下的。事到如今，就请您不要再说这种令人不安的话了。不行，不行，唉，我又觉得冷了，我在发抖，浑身发抖。

哈姆雷特　波洛涅斯，这可是件重要的事啊，请你谨言慎行。那个谣言里有什么部分是确实可信的吗？

波洛涅斯　很遗憾——有的。

哈姆雷特　哈哈，赫瑞修，我们还把那个谣言当成笑话来说呢，该不会是真的吧？怎、怎么回事啊？突然好想笑哟。

Ⅵ　庭园

人物：王后、奥菲莉亚。

王后　天气变暖了呢。今年的春天似乎比以往都来得早，草地也渐渐变成淡绿色了。春天啊，快来吧！冬天已经够长了。你看，小河上结的冰也都融化了。嫩嫩软软的柳芽真是可爱啊。那些嫩芽被风吹动，微微露出白色的叶背时，这一带的各种花草也会竞相绽放。金凤花、咬人猫、雏菊，还有长紫兰，对了，奥菲莉亚，你知道那些低贱的平民是怎么称呼长紫兰的吗？看你脸红成这样，应该是知道的。那些人不管多肮脏的话也能轻松地说出口，我反倒羡慕他们呢。奥菲莉亚，你们是怎么称呼长紫兰的？应该不会也是用那个露骨的名字吧？[1]

奥菲莉亚　王后殿下，不瞒您说，我也和那些平民一样，在小时候无意间学会了，到现在还是会不小心说溜嘴。不只是我，别家小姐们平常也都用那个

1　长紫兰(long purple)学名 Orchis mascula，衍生自拉丁语 masculus（意为"男性"），因其外观酷似男性性器，故得此名。

露骨的名字来称呼长紫兰。

王后 哎呀，这样啊。现在的年轻女孩儿们如此开放，真令我惊讶。不过，不知者不罪，反而更显得率真。

奥菲莉亚 不是这样。但我们在男人的面前就会多加留意，改说成死人的手指。

王后 原来如此。在男人面前反倒说不出口，还真有趣。话说回来，死人的手指啊，颇有深意呢……原来如此，的确是有这种感觉，如同戴着金戒指的死人手指一般。真是可怜的花。哎呀，明明没那么悲伤，但我还是流泪了。到这把年纪还会为了这种无聊小事而流泪，我真是够傻。女人啊，不管到了几岁，都会想要撒娇的。身为女人，就一定会有些无聊的小毛病，改也改不掉。像我，都到这岁数了，跟丹麦王国比起来，我还是更爱雏菊。女人就是没用啊。不，不只女人，最近我觉得，只要是人都不可靠，就算是堂堂正正的男子汉，本性也是一样畏畏缩缩的。我最近才终于了解，人都只是为了他人的想法而活的，人啊，太悲惨、太可怜了。每天只关注着成功或失败、聪明或愚蠢之类的事，从早到晚汁流浃背地到处奔走，在这些琐事中一天天变老，难道我们只是为了这些事而诞生到世间？那不是跟虫子没两样吗？真愚蠢。一直以来，我都抱持着"一切都是为了丹麦"的念头努力至今，这句话仿佛拥有巨大又崇高的意涵，让我无时无刻不为了丹麦着想，不管是痛苦或悲伤的事都能忍下。可是，我被骗了，被先王、现王，甚至被哈姆雷特骗了，每个人都骗我。因为我相信自己是被神挑选出来担任重要工作的人，我相信这就是神赋予我的尊荣，才抱持这份骄傲隐忍着寂寞，一直过着服从的生活，现在想来真是蠢啊。像我这样手无缚鸡之力的女子，哪能做什么事呢？别人从未把我多年来藏在心中的那份决心当成一回事，他们只担心输赢，整天提心吊胆、处处提防着他人过日子，不时引起一些根本毫无目的的卑劣事件，大家的命运便一个接一个被改变了，事后却又拼命推诿塞责。只有我一个人为了丹麦、为了哈姆雷特王家而紧张，简直就像在浊流里载浮载沉的秸秆。真是笨死了。奥菲莉亚，你的身子最近如何？

奥菲莉亚 咦？呃，没什么。

王后 你不必隐瞒，我都知道了，你放心吧。我身为哈姆雷特的母亲，也是爱你的啊。你今天气色不错呢，最近应该不会再害喜了吧？

奥菲莉亚 是的，王后殿下，非常感谢您的关心。其实，我今天早上醒来的时候，忽然觉得胸口舒畅，也不再闻到臭味了。今天以前，我总觉得自己的体味、寝具的味道、内衣的味道都臭得像韭菜一样，不管洒多少香水都盖不掉，我总是一个人偷偷地哭。但今天早上就像从噩梦中醒来一般，忽然觉得身体轻盈了不少，就连早上喝的汤都觉得是这几天来最好喝的。但我还是有些担心，自己是不是还会回到像今天之前那种地狱般的心情。我总是提心吊胆，害怕自己的身子快要垮了，就算是现在也很害怕，所以尽量保持呼吸的平稳，诚惶诚恐，一步步稳稳地踩在草地上。我想身子已经没问题了，我再也不想回到之前那种痛苦的状态了。

王后　嗯，已经没事了，接下来食欲也会开始变好。你真的是什么都不懂啊，不过这也难怪。以后有什么问题都来找我商量吧。像你刚才那样想到什么就说什么，真是可爱。我喜欢不会欺瞒、敢大胆发言的人。

奥菲莉亚　王后殿下，不是那样的，其实到今天为止我都在说谎。没有比欺骗别人更令人感到痛苦的地狱，但是，我再也没有说谎的必要了，因为大家都已经知道了，而且从今天早上开始，身子的状况也好了许多，以后再也不用担惊受怕，又可以做回昔日活蹦乱跳的奥菲莉亚了。真的，这两个月以来，每天都不断发生令人意外的事情，就像做梦一样。

王后　觉得像在做梦的可不只有你，不论是谁都会觉得这两个月像一场噩梦。现在想来，先王创造的和平盛世简直就像假的一样。不管是城里，还是整个丹麦王国，每天过着充满希望的日子，那样的时代再也不会回来了。虽然并没有人做了什么坏事，但总觉得这个埃尔西诺城，甚至整个丹麦王国里都阴气密布，充满着哀叹和阴险毒辣的耳语，给人一种不祥的预感，像是将要发生什么坏事或惨事。要是哈姆雷特能振作一点就好了，但他为了你的事已经有些歇斯底里，其他的人也只顾着保全自己的地位和面子，光为了这些事担心奔走，没有一个可靠。虽然女人很肤浅，但男人也算不上聪明。你们年轻人还不能体会吧，但男人可是一天到晚把我们女人的事放在心上。别笑啊，这是真的，不是我自大才这么说的哟。男人就算嘴巴上说出多少漂亮话，但事实上啊，每天只在意可爱的妻子的心思呢。名利、成功、胜利，一切都只是为了让他们可爱的妻子开心。虽然套了很多冠冕堂皇的理由，但没有什么比被可爱的女人夸奖更值得努力了。很无聊吧，无聊到令人感到可怜。我最近才察觉到这件事，惊讶不已，不，应该是说失望不已。我很尊敬男人的世界，我觉得他们都住在遥不可及的、崇高又痛苦的理想当中，但我总是希望能在他们背后为他们处理一些生活琐事，算是为他们尽一点心力。太愚蠢了。殊不知，这个在背后帮忙的女人才正是男人们生存的唯一目的，这简直是个笑话，就像我们静悄悄地站在他们背后想要帮他们穿上斗篷，他们却转过身面对我们，真叫人伤脑筋。他们总是望着远方的天空，说着理想、哲学、苦恼这类费解的话，但其实他们心里就只在意女人的想法，他们装出这副样子只是希望被夸奖、被喜爱。我已经快受不了这种没出息的男人了。奥菲莉亚，像你们这样的年轻人应该还不能理解吧，在你眼里，一定觉得哈姆雷特是个棒到不行的男人，但那孩子还年轻，还觉得朋友间的评价才是最重要的，一心一意只想成为周遭的人气王。真是个傻孩子。骨子里明明是个胆小鬼，却还老是做事不经大脑，只想被朋友们还有奥菲莉亚你称赞，但自己根本没有能力善后，就只会哭丧着脸，一个人在那儿闹别扭，心里则暗暗期待我们去帮他收拾。他总是一边赌气，一边等着我们出面，净会做作地说些听起来很有哲理的话，让赫瑞修他们佩服得五体投地，但是实际上，别说什么哲学家了，他根本还是个和我们撒娇讨糖吃的小鬼，完全上不了台面。他太爱撒娇了，从早到晚只想要周围的人夸奖、疼爱他，为那些肤浅的喝彩做一些表面工夫。只会这种乱七八糟的生存方式，真不知道他将来该怎么办。你哥哥雷尔提斯就不同了，虽然和哈姆雷特同年，却已知晓许多世间的诡计了。

奥菲莉亚　但那反而是哥哥的缺点。王后殿下，您刚刚才说表面上看起来堂堂正正的男人，其实内心都一样会畏缩，只为他人的想法而活，但又马上从同一张嘴里说出夸奖雷尔提斯的话，这多可笑啊。哥哥的内心应该也像您说的那样吧，和哈姆雷特殿下比起来，哥哥还没那么成熟，虽然是个坚强的人，不过他那么洒脱地过着安逸的生活，反而让我们感到寂寞。我绝对不是讨厌哥哥，但是，我也没办法和哥哥亲近到无话不说的程度，对父亲也是一样的感觉。说不定我是个坏女儿，也是个不成器的妹妹，没办法，我对家人没有亲近感，反而——

王后 反而只对哈姆雷特有亲近感，对吧？这点小事就不用说了。人被恋爱冲昏头的时候，都会变得讨厌自己的父兄，这不是理所当然的吗？真是的，我这么认真听你说话，反而被当成笨蛋。你到底想说什么？

奥菲莉亚 王后殿下，不是这样的，我没有被恋爱冲昏头，在这件事发生前很久很久，我就已经心生爱慕了。不是爱慕哈姆雷特殿下，而是王后殿下，我一直偷偷地、全心全意地爱慕着您。恕我失礼，这段时间里，我和哈姆雷特殿下一时不小心，发生了让我们喜悦、痛苦，又意外的事，对我而言，内心那种"说不定能称呼王后殿下为母亲大人、对她撒娇"的期待越来越深，我觉得很开心。请您相信我。我从小就非常尊敬王后殿下，您绝对不知道我有多么喜欢您，喜欢到连我现在的行为举止、说话方式，都是模仿王后殿下而来，我为此向您道歉。我绝不是因为王后殿下您的身份才喜欢您的，纯粹因为您是一位极具魅力的女性，一位这么好、这么优秀的女性……啊啊，我该怎么说才好呢？王后殿下，请您笑我吧，我是个笨女孩，如果哈姆雷特殿下不是王后殿下的孩子，我也不会做出这种错事。我不是个淫贱的女人，因为他是王后殿下最最心爱的孩子，所以我也会想要好好珍惜他。

王后 你说的玩笑话太可爱了。真是没办法，你们这些年轻人，总是直接把脑中浮现的话语不加矫饰地说出来。就算你只有一丁点儿喜欢我，那都必定是因为我的身份，我的身份散发的光环让你觉得炫目，一时兴奋冲动，才会觉得我好得不得了，但其实我只是一个无聊的老太婆罢了。你会无法抗拒哈姆雷特，也是因为他的身份，你刚才说因为他是王后心爱的孩子，所以想要好好珍惜他，这种无厘头的意见，如果只说给我一个人听，那我还可以笑一笑就算了，但若是讲给其他人听，只会被人当作白痴或疯子。你刚才用一副天真无邪的表情说想要称呼我为母亲、想跟我撒娇，说那就是你最大的喜悦，但我知道你真正想要讲的是什么，你只不过是在叙述你当上丹麦国王子妃之后的喜悦罢了。能当上王子妃、能称呼王后为母亲，是每个丹麦国女子此生最高兴的事，所以，你说的只是理所当然的事。现在的年轻人啊，总是用像孩子一样什么都不懂的口气跟我们说话，让我们发笑，但事实上，你们用天真无邪的甜言蜜语巧妙地包装自己低俗的野心，精打细算得很。这种说话方式，我还真不能大意呢。我就是讨厌这一点。计算得滴水不漏的，也太狡猾了。

奥菲莉亚 王后殿下，不是这样的。为什么您就是无法怀抱善意，还处处怀疑我呢？我没有那么离谱又肤浅的野心，我真的只是因为喜欢王后殿下而已，喜欢得我都要哭出来了。我的生母在我小时候就去世了，不过，如果她还在世，也一定无法和王后殿下媲美，因为王后殿下比我早已去世的母亲更温柔，有着更迷人的魅力，为了王后殿下，我随时可以牺牲自己的性命。我总是幻想能称呼像王后殿下这样的女性为母亲，让自己在潜移默化之中成为像她一样谨言慎行的人。身份尊卑的事我从来没有想过。我真是个不孝的女儿，可能因为我自小没有母亲，才会对您更加仰慕，我真的没有任何野心。我要告诉您一件让人难为情的事，其实我早已忘记哈姆雷特殿下的身份，只是因为我在哈姆雷特殿下的身上感受到王后殿下慈爱的乳香，因此更加无法自拔，最后才导致这样的丑事发生。我心里没有打半点算盘，这点我可以在神的面前发誓，成为王子妃而出人头地，这种离谱的野心，我真的连做梦都没想过。我只希望能和王后殿下有些许关联，这样我就很幸福了。我已经放弃了一切，不对任何事物抱持希望了，现在只一心期待能够顺利诞下王后殿下的孙儿，好好将他抚养成人。我觉得自己是个幸福的女人，就算被哈姆雷特殿下抛弃，和孩子两人相依为命，也一定能每天开开心心的。王后殿下，奥菲莉亚有奥菲莉亚的自豪之处，身为波洛涅斯之女，我有当之无愧的智慧，也有不服输的个性。我很清楚，我绝对不会因为正和哈姆雷特殿下热恋，就觉得他是世界上最帅、最完美的勇士。恕我失礼，他的鼻子太长了，眼睛太小，眉毛又太粗，牙齿好像也很不好，一点都称不上好看。腿也有一点歪，更重要的是还有令人不忍注视的严重驼背。说到个性，也绝对不算好。该说是娘娘腔吗？他总是认为别人会背地里说他坏话，为此心浮气躁。有一天夜里，他说：

"这世上只有你相信我。我一直都被人欺骗、利用，是个可怜的孩子，所以你千万不能抛弃我哟。"他说了如此令人难为情的丧气话，还用双手捂着脸，开始假哭。我心想，为什么要演这么做作的戏呢？但我又想，还是得说些什么话来安慰他才行，就在我踌躇之际，他又突然扯开嗓门大叫："啊啊，我真不幸！没有人了解我的痛苦，我是世界上最不幸、最孤独的人了！"他边说边抓着自己的头发，发出痛苦的呻吟，似乎非要把自己当成悲剧主角才甘心。有时候他会忽然站起身来，把咖啡杯往墙上砰的一声砸得粉碎。有时候他又会露出非常开心的样子说："这世上没有比我头脑更敏锐的男子了，我是如闪电一般的男子，我什么事都知道，就连恶魔也无法欺骗我！只要有这样的想法，什么事都能达成，不管是多可怕的冒险，我也一定能完成！我真是天才！"我对他所说的话微笑点头，他又突然变得非常不高兴，说："你、你一定是瞧不起我！你一定是觉得我在吹牛。连你都不相信我的话，那我也没办法了，你不会懂的。"不管我怎么发誓都没用。他也会突然用激烈的措辞把自己说得罪大恶极："其实我在吹牛。我是个投机客，是个欺诈师，我被大家看穿而受尽嘲笑，没看穿的人只有你而已，你真是个笨蛋啊，你被骗了哟，完完全全被我骗了。啊啊，我也是个悲惨的男人，我被世上所有人欺骗，只能逮到你这种笨蛋来作威作福，真是没出息。"

他一直滔滔不绝地说着，我听了都要哭出来了，他却像没事人一样继续嘲笑我。有时候又在镜子前站一个小时，对着自己的容貌瞧个不停。他似乎很中意自己的长鼻子，一边照着镜子，一边捏起自己的鼻子看，我都忍不住笑了。尽管如此，我还是喜欢他，像他那样的人在世上是独一无二的，我觉得他一定有某个别人比不上的优点。虽然有很多可笑的缺点，但还是会在某处散发出神之子的气息。我是一个自视甚高的女子，不会因为男人的夸捧就马上失了自我，就算是贵为王子的身份，我也不会不知分寸直扑到他怀里。哈姆雷特殿下是这世上感情最丰富的人，因为感情丰富，才会难以自持，心绪和言语都杂乱不堪，一定是这样的。王后殿下，您明明也知道哈姆雷特殿下有哪些优点的呀。

王后 什么跟什么呀，你所说的根本牛头不对马嘴。我原本以为你要说的是从仰慕我硬转到喜欢哈姆雷特这件事上的歪理，但你却突然说了许多哈姆雷特的坏话，接着又说像哈姆雷特这么好的人世上绝无仅有，是神之子这些出乎我意料的话。我原本以为你是要抓住我这老太婆不放，说些有很迷人的魅力啊之类的无聊事，但你却又否认，一脸严肃地说你一点也没有被恋爱冲昏头，也已经放弃了一切。我究竟该如何理解你的话呢？我相当困惑。果然你也受到哈姆雷特的影响了吧？说不定还是他的第一高徒呢。我本来以为他的徒弟只有赫瑞修，没想到你也是他挺优秀的弟子。

奥菲莉亚 被王后殿下这么说，我深感沮丧。我只是把我感受到的事，毫不掩饰地说出来而已，我说的每一件事都是如此。如果有前后不一致的地方，一定是因为我的说话技巧太差了。我只有在王后殿下面前不会说谎，即使说谎，王后殿下也一定不会被我欺骗，所以我才决定把脑袋里想的事一字不漏全说出来，可能因为太心急了，所以才言辞反复、思考迟钝，无法好好表达心中的想法。我可以向神发誓，我是个诚实的人。我只会对我爱的人诚实。因为我喜欢王后殿下，所以我努力在您面前不说半句谎言，但我越努力，话就越说不清楚。人说实话的时候，听起来反而会变得滑稽、冗长，又毫无条理，我觉得相当可悲。或许我的话听来是牛头不对马嘴，但我心里是很明白的，它们在我心中十分浑圆饱满，很难用三言两语简单描述出来，所以我只好说出许多断片，希望将这些断片串联起来，表达出完整的意思，但我太过心急，所以越讲越失败，我也很困扰。可能是我太爱您了，也可能是我的常识还不足够。

王后　这些全都是哈姆雷特教你的歪理吧。现在的年轻人，每个都是用歪理为自己辩护的高手，我就是讨厌这样。你不必为了让我理解而讲得太刻意，还不如干脆说："我心里一团混乱，因此不知所以，只觉得内心澎湃汹涌。"这样的说法我反而比较能懂。你讲到其他事情的时候，都能毫不掩饰地大胆说出来，是个好孩子，但只要一讲到哈姆雷特的事，就变得满口歪理，想要掩盖自己的羞耻。你到现在连一句道歉都还没对我说呢。

奥菲莉亚　王后殿下，我心中满是歉意，身体仿佛已经被蓝墨水写满一整面抱歉的文字，但不知为何，就是无法对王后殿下说出口。我心里明白，我们这次犯的错，也无法凭一句抱歉就能获得原谅。闯了这么大的祸，还以为厚着脸皮说句抱歉就可以了事，那是完全没意识到自己罪行的人才会使出的伎俩，这种事我做不来。我想哈姆雷特殿下现在也正为了同样的事而痛苦，他正在焦急地想着该如何补救。哈姆雷特殿下和我最近都为了要如何向王后殿下道歉而苦恼。王后殿下最近才遭逢丧夫之痛，我们应该安慰您，却因为这件事，反而让您替我们担心，不管是用"坏心"还是"愚蠢"，这样简单的字眼都不足以形容，这比死还要痛苦。我真的从很久以前就开始仰慕王后殿下了，是真的！我努力学习礼仪和学问，就是希望这一生能被王后殿下褒奖，即使只有一次也好，但是……啊啊，我怎么会这么笨呢！反而像发了疯似的，做出最对不起王后殿下的事。哈姆雷特殿下对王后殿下的敬爱不比我少，不，应该说比我还要尊敬、爱慕王后殿下。我们无时无刻不在祈求王后殿下身体健康、一切安好。有时我和哈姆雷特殿下也会在夜里语重心长地讨论，希望能在我们有生之年，让您看到我们所作的补偿。王后殿下，王后殿下，哎呀！

王后 对不起，从刚才我就一直强忍着不哭，所以才说出许多尖酸刻薄的恶言恶语。奥菲莉亚，听到你说我很温柔、很爱慕我，我就觉得心痛得像要裂开来似的。奥菲莉亚，你真是个好孩子啊！你一定是个诚实的孩子。虽然有些地方爱要小聪明，但是，我不会怪罪你。那些在无意之中说出的天真言语，反而让谎话显得更加美丽。奥菲莉亚，这世上没有比天真小女孩说出的话语更让人感到美丽和愉悦的了。和你们比起来，我们显得多肮脏龌龊啊。我已经对此感到疲倦了。但尽管如此，你还是打心底爱我，时时刻刻为我祈祷，希望我长命百岁，听到这些话，我再也忍不住了。啊啊，就算只为了你们二人，我也要努力活下去！奥菲莉亚，请你原谅我。

奥菲莉亚　王后殿下，您在说些什么呀？这不是完全反了吗？王后殿下，您是不是想到其他悲伤的事了？啊啊，正好这儿有椅子，请您坐下吧，来，请坐。请您平复一下情绪。王后殿下，您哭成这样，害我也想哭了。来，我们一块儿坐吧。咦？王后殿下，这儿就是先王陛下临终时坐的地方吧。先王陛下坐在这儿晒太阳的时候，突然身体不适，等我们赶到的时候已经来不及了。那天早上是我第一次穿上新做好的红色洋装，但我太过悲伤，太过悔恨，竟然把自己的红色洋装看成绿色的。人在悲伤至极的时候，就会把红色看成绿色呢。

王后　奥菲莉亚，够了，别说了。我错了！我已经没有任何希望了，什么事都无法吸引我了，奥菲莉亚，从今以后你要处处小心啊！

奥菲莉亚　王后殿下，我不太懂您的意思，但请您不用担心奥菲莉亚，我会好好养育哈姆雷特殿下的孩子。

Ⅶ 城内某室

人物：哈姆雷特一人。

哈姆雷特　笨蛋、笨蛋、笨蛋！我是大笨蛋！我到底为何而活？早上起床、吃饭、到处闲晃，到了晚上就睡觉，脑子里总想着玩乐。之所以精通三种外国语言，也只是为了要读懂外国那些好色淫秽的诗。我那名为空想的胃比别人大上五倍，贪欲比别人大上十倍，从来不曾满足过，我一直在追求更强烈的刺激，但是我既胆小，又懒惰，所以通常只是在脑中幻想，之后就不了了之。根本是形而上的投机客，只在心中探险的冒险家，书房里的航海者，总而言之，我只是个搬不上台面的梦想家而已。为了追求刺激到处奔波，结果就跟奥菲莉亚扯上关系，然后……然后就这样了。看来是我败给了奥菲莉亚啊。我太不检点了。这是一个我自比为唐璜[1]踏上修行之旅，费尽千辛万苦找到某个女孩并且追到手，就在即将跟女孩分离之际，却发现自己从此得蛰居

---

[1]　唐璜（Don Juan）是西班牙的传说人物，据传一表人才、风流多情，出现在文学作品里时，常代表"情圣"。

于此、背负家累的笑话。这是一个原本想先以欺骗某位乡下女孩来研究女人心，当作自己进行唐璜修行之旅的第一步，却发现自己得为了这个研究花掉七十年人生的笑话。我就这样带着严肃痛苦的表情成了喜剧的主角。说不定我拥有意想不到的喜剧天分呢。最近身边总是充斥着笑话。我把所有坏事都推到叔父身上，原本只是想搞笑，没想到听见波洛涅斯一脸严肃地说"有确切的证据"这种扫兴的恐怖事，吓得我寒毛直竖。所谓的弄假成真就是这样。会爱上我老妈那样满口假牙的有夫之妇，确实是一出相当有趣的喜剧啊；波洛涅斯一下子变成正经八百的正义之士很令人喷饭；我即将要当爸爸这件事也在意料之外。不过今晚的朗读剧才是真正的压轴好戏。波洛涅斯果然有些怪怪的，仿佛一下子年轻了三四十岁，兴奋得很，说："那我们来演朗读剧吧！"把我吓了一跳。他挑了大时代里某位英国女诗人相当引人入胜的诗作，然后叫我们三个人以此为剧本来演朗读剧，真是服了他了。而且波洛涅斯竟然要演新娘！简直是胡闹。不过，啊，原来如此，这首诗的内容说不定正能戳到叔父和母亲现在的痛处呢。虽然波洛涅斯说，要借招待国王和王后来欣赏这出朗读剧的机会，观察两人表情有何变化，但这其实不是什么好方法。就算他们真的看得脸色发白，又能算是什么证据呢？相反，如果他们还能像平常一样笑出来，也不能算是他们无罪的证明。顶多只能看出他们两人的反应是迟钝还是灵敏，却不能当作有罪或无罪的判定。真是的，波洛涅斯到底在想什么啊！但此刻直接说他愚蠢，又太无礼了。因为不想破坏奥菲莉亚老爸的好心情，所以才顺着他的话，说："那真是个好点子啊！"还强迫赫瑞修也投下赞成票，三个人开始练习朗读时已经是今天午后了。赫瑞修起先还兴味索然，但是开始练习之后，就突然变得神采奕奕，还拉高声音把在维滕贝格的戏剧研究社学到的奇怪台词加进来。那家伙真是个诚实的男子啊！完全不经修饰地把自己的感情表露在言行上，就算演烂了，还是件很美的事，不会让人感到任何不快，而且他发自内心地谦虚，知道何时该放弃。和他相比，此刻的我……啊啊，笨蛋！大笨蛋！我不懂得放弃，我的欲望无穷无尽，我是个一脸痴呆，成天妄想着把全天下的女人都占为己有的笨蛋。因为想让全世界的人都打心底佩服我，所以时不时向他们展露一下我俊俏的脸庞、卓越的处事手腕和严谨的人格，好让全世界的人都对我刮目相看。我时常托着腮幻想这件事，想到出神，但是，结果我什么也做不到。别说全天下的女人了，一个邻家的小姑娘就让我不知该如何是好，痛苦得生不如死；还有卓越的处事手腕，我对国家政事根本一窍不通，怎么可能让人对我刮目相看，我一天到晚都被别人骗得一愣一愣的啊。我太害怕人，太敬畏人了。即使别人只是对我说着形式上的客套话，我也会擅自把那句客套话当作是对方由衷说出来的，忽然狂喜起来，甚至像发了疯似的，心想应该回报对方的期待，奋不顾身地故意展现英雄气概，结果反而弄巧成拙，成为大家耻笑的对象。即使被别人指责，我也不会察觉到那个人的敌意，只认为大家都是为了我着想，才不得已口出恶言，真是感激你们啊，各位的厚意我来日必报，也会把各位当作恩人，将大名铭记在心里的笔记本上。被人轻蔑时，我会误以为那是对方表示的敬意或爱意而感到受宠若惊，五六年后才会在某个夜里突然发现原来自己被轻蔑了，正想大骂一声"畜生"，却又念头一转，觉得："啊，这是件可喜可贺的事啊！"正这么想时，我那精打细算的性格又在我对朋友们好的时候，在心中某个角落响起"做好事得好报"的声音。我真是个别扭的男人，所谓的"不知分寸"，说的就是我这样的人吧。再说我本来就不知道厉害之人和坏人有何区别。总是露出一副寂寞表情的人，看起来似乎就是比较伟大、比较厉害的样子。啊啊，真可怜，人真可怜。我跟赫瑞修都很可怜，波洛涅斯、奥菲莉亚、叔父和母亲，每个人，每个人都好可怜。我从很早之前就没有轻蔑、憎恶、愤怒或嫉妒这些情感了，一点也没有，我只是模仿别人的憎恶或轻蔑做做样子而已，心里其实一点感觉也没有。憎恨人是什么样的感觉？轻蔑别人、嫉妒别人……这些又是什么感觉？我一点也不知道。只有一种情感，可以让我明确地感受到，就像海浪拍打着我的胸口一样的澎湃汹涌，那就是觉得别人可怜。我靠着这唯一的情感，度过了二十三年的岁月，除此之外，我一无所知。但就算我觉得人好可怜，也做不了什么事，只能在心里这样想着，连言语都没办法好好表达出来，行为举止也有违心中所想。我一事无成啊，我是个懒惰的大笨蛋，什么忙都帮不上！啊啊，真可怜。这一点都不好笑。不管是赫瑞修、叔父、母亲，还是波洛涅斯，每个人都好可怜。如果我的性命帮得上忙，我愿意奉献给任何人。最近我越来越觉得人都是可怜的，可怜得无以复加。就算绞尽脑汁，拼命努力，也只会让每件事都往坏的方面去。

人物：波洛涅斯、哈姆雷特。

波洛涅斯　啊啊，忙翻了！哎呀，哈姆雷特殿下，您已经到了啊。您看，这个如何？挺像个舞台的样子吧？我刚把毛毯和空箱子等都拿到这个房间来，才做成这样的舞台。什么？这样的舞台就已经很足够啦，只是朗读剧而已，所以幕布跟背景都不需要，是吧？但我觉得舞台上什么都没有的话就太空了，于是在这里放了一个苏铁的盆栽。如何？这个盆栽让整个舞台变得更醒目了吧？

哈姆雷特　好可怜。

波洛涅斯　您说什么？什么好可怜？您的意思是，不能把苏铁盆栽放在这里，是吗？那我就把它搬到舞台的后方吧。原来如此啊，经您这么一说，我也觉得这个苏铁盆栽放在这里看起来怪可怜的，好像马上就会从舞台上掉下去一样。

哈姆雷特 波洛涅斯，可怜的是你啊。不，不只是你，叔父和母亲啊，每个人都好可怜，活着的每个人都很可怜。这么努力地忍耐苦痛生存至今，却连一个可以开怀大笑的愉快夜晚都没有。

波洛涅斯 事到如今您还说这些干吗呢？一直说好可怜好可怜，真是不吉利。你就只会对别人费心计划的事泼冷水，说些扫兴的话。我可是为了您，才想试试这种骗小孩子的把戏，因为我对你们的正义洁癖起了共鸣，才希望加入你们追求真理的行列，我完全没有别的野心，只是想趁他们观赏这出朗读剧的时候，试探那则奇怪的谣言里，究竟有多少成分属实——

哈姆雷特 我知道，我知道，波洛涅斯，你看上去完全就是个正义之士呀。但有时一己的正义感可能会把他人安稳的家庭生活给破坏殆尽。这和哪一方做了多坏的事无关，而是从一开始，人就必然会遇上这种无法十全十美的事。如果我们真的得到了叔父做了什么坏事的证据，那会变得如何呢？我们每个人只会变得比以前更可怜吧。

波洛涅斯 不，哈姆雷特殿下，恕我失礼，您果然还是太年轻了。如果可以借这次的试探，得知国王陛下没有任何隐藏之事，不只是我们，全丹麦的国民都会一同安心地松一口气，城中将会绽满幸福的笑容啊！正义指的不一定是举发人的罪行与责罚，有时候，证明无罪的事实，因而拯救一个人，也算正义的一种。波洛涅斯我非常期待能有这种幸福的结果！如果、如果真的是这样……啊啊，那简直是奇迹啊！不对，可是……算了，反正就先做做看吧，之后的事就请交给我波洛涅斯来处理，我绝对不会做出对您不利的事。

哈姆雷特 波洛涅斯，你还真拼命啊，好可怜。你说的我全都知道……唉，真讨厌。不管叔父做出什么事，其实都无所谓，不是吗？叔父也只是用他自己的方式力图生存而已。我的想法好像突然改变了。到今天早上为止，我一直在讲叔父的不是，大声嚷嚷着非要找出那则可怕谣言的来源不可，但是，波洛涅斯，说不定事情真如你先前所说，我的确是为了改变丑闻的风向，使用了遮羞的道具。先前你说很遗憾，的确有证实谣言的证据，我突然觉得叔父好可怜好可怜，毕竟他也很努力了。叔父不会做出那么愚蠢又恶劣的事，因为他是个比我还软弱的人，所以才拼了命努力着。啊啊，我是个笨蛋！原本只是开开玩笑，结果却真的对他起了疑心，我太冒失了，真是可耻。波洛涅斯，我们不要再假装成正义之士了，这种肤浅的游戏会造成多可怕的后果啊！只要一想到那恐怖的后果，我就觉得快要活不下去了。

波洛涅斯　你别这么夸张。早上是连续说"痛苦"，现在又变成"可怜"的连发。到底是谁教你这样不断重复说着同一组词语的啊？这世上不只有"情绪"，还有"正义"和"意志"。要活出成就，最忌怜悯和反省。你要是满脑子只想着奥菲莉亚的事，那就算了，随你去吧。和哈姆雷特殿下比起来，赫瑞修大人天真又淡泊，仿佛活在年轻人单纯的梦里，你多少也向他学学。你瞧，赫瑞修大人为我们即将

演出戏剧一事开心得不得了，仿佛忘记了这出朗读
剧背后的真正用意，练习得多专心啊！像他那样多
好！你的台词都练习好了吗？再过不久观众就要进
来了，赫瑞修大人已经准备去邀约各位贵宾了。他
还真是积极呢，虽然他也想演新娘，但只有我能演
出那个角色的精髓。哎呀，已经有观众到了呢。

人物：国王、王后、赫瑞修、波洛涅斯、哈姆雷特、侍从数名。

王　非常感谢今晚的招待。因为赫瑞修要展示他在维滕贝格学到的独特表演方法，所以吾便带着各位一同前来欣赏。各位都是吾的家人，能有这样的聚会，吾实在感到非常喜悦，果然一家团圆才是人生至高的幸福啊。近来无乐事，只觉得人生充满了许多令人难以喘息的痛苦，所以真的很感谢今晚的邀约。哈姆雷特今天看起来有精神多了，心情似乎也好多了呢，有好朋友在身边果然可以恢复精神。从今以后也要时常举办这类活动才好。

波洛涅斯　是的，其实我也是抱着这样的打算，忘记自己年事已高，来参加年轻人的剧团。这次演出，首先是为了祝贺国王即位与大婚之喜，再者是为了让哈姆雷特殿下散心解忧，最后则是因为赫瑞修大人要为我们表演他在外国修习的独特发声法。

赫瑞修　您这么说让我很为难啊，什么独特发声法，听您这么一说，我反而什么声音都发不出来了。王后殿下，欢迎欢迎，观众席在这里，来，请坐。

王后　真是令我意外，为什么突然要演朗读剧呢？一定是哈姆雷特一时兴起，还是波洛涅斯的歪脑筋，随便吹捧一下，就让赫瑞修也被迫加入。但我怎么想都想不通。

王　格楚德，常看戏的人是不会把这种理所当然的事讲出来的。来，各位请坐。哟哟，舞台做得不错嘛！这是波洛涅斯布置的吗？没想到你在这方面也挺能干的呢。这就是"天生我材必有用"啊。

波洛涅斯　不敢当。那么接下来就请看看我们精彩绝伦的演出吧。哈姆雷特殿下，来吧，准备登台了。赫瑞修大人也这边请。

哈姆雷特　我觉得仿佛要爬上比阿尔卑斯山还要高的地方了。现在就要……上断头台了吗？嘿哟！

赫瑞修　刚开始排练的时候，谁都觉得舞台高得令人头昏呢，我已经是第三次上台了，所以一定没问题的。啊！脚滑了。

波洛涅斯　赫瑞修大人，请您小心啊。这是用空箱子堆起来的，会有很多凹凸不平的地方。那么，各位，我们三人就是正义的剧团。今晚我们将演出名为"迎火"[1]的诗剧，这是一位英国女作家的杰作。因为有我这么一位经验不足的老头混在剧团里，所以待会儿的演出可能多少有些失误之处，还请各位海涵。赫瑞修大人是在国外进修的人气演员，那么就从您先开始向各位观众问好吧。

赫瑞修　咦？我……那个……什么都……啊啊，伤脑筋。我只是想挑战新郎这个角色而已。

波洛涅斯　在下不才，饰演的是新娘。

1　日本习俗中迎接客人、神灵，或举行婚礼、葬礼时都会用到的焚火。

王后 真令人不舒服。波洛涅斯大人简直像喝醉了一样。

王 比喝醉严重多了，你看他那个眼神。

哈姆雷特 我饰演的是亡灵。波洛涅斯，我想我们就快点开始吧，观众在说我们是喝醉酒的剧团呢。

波洛涅斯 没醉的只有我而已吧。那么，废话不多说，各位观众，开始吧。

> **新娘**（波洛涅斯）
>
> 恋人啊，温柔的恋人啊，请紧紧抱住我。
> 那个人就要来把我带走。
> 啊啊，好冷。
> 风吹过松木的声音多么可怕。寒冷的北风把我的身体都冻僵了。
> 从遥远的、

遥远的

森林深处飘摇而来的小小灯火。

那是我的迎火。

新郎（赫瑞修）

啊啊，那我就抱住你吧，我的小鸟。

遥远森林里闪烁的只是星星。

没有任何可疑之人。

因为，在朔风凛冽的夜里，连星光都感觉

尖锐不已。

亡灵（哈姆雷特）

喂，

喂。

新娘啊，

跟我来吧。你之前见过我，不可能忘记。

我的声音是槁叶枯风，我的新居是泥沼深渊。

跟我一起来吧，

到我冰冻的寝床上。

唤你的人就是我。你不可能忘记我。

来吧。

以前，我只要说这句话，你就会像一朵半开的蔷薇，害羞地靠近我身旁。

现在，则变成了一朵盛开的银莲花[1]。

真是美丽的谎言。

来吧。

新娘（波洛涅斯）

恋人啊，请你用力抱住我！

那个人的往日身影前来折磨我了，

那个人的冰冷手指抓住我的手腕。

啊，恋人啊，请紧紧抱住我。如果我松软的身体从你手臂中溜走，仿佛就会飞到远方森林里的墓地。

吹过松木的风声是人的声音。

因为他一时的迷惘，便不停低声嗫嚅，说

1　在希腊神话中，银莲花是美少年阿多尼斯的血渗染大地之后长出来的，有希望消失或恋情无法结果之意。

着以前的约定。

恋人啊，请你用力抱住我！

啊，那是过去犯下的愚蠢错误。

我不行了。

新郎（赫瑞修）

我会陪着你。

如今还害怕已经死去的人，这是不必要的良心。

我会陪着你。

没有任何可疑之人。

如果你害怕风声，就暂时把耳朵捂起来吧。

亡灵（哈姆雷特）

来吧。

即使捂住耳朵、闭起眼睛，你应该还是能
听见我的声音，应该还是能看见我的身影。

走吧。

走吧，走。

我会遵守从前的约定，好好珍惜你、守护你。

我已经备妥你的寝床，是能给你甜美睡眠，不再让你醒来的上好寝床。

来吧。

我的新居是泥沼深渊。总之就心无旁骛地直直前进，走到迢迢长路的终点。

走吧，走。实现我们过去的约定。

新娘（波洛涅斯）

恋人啊。

你现在抱我也来不及了，已经来不及了。

声音像槁叶枯风的那个人，硬要把我带走。

再见。

我走了后，请不要伤心，要像以前一样喝很多酒，去能够晒到太阳的地方。

啊啊，还有，还有一句。

我不会留下任何东西给你，道别的言语、发丝和吻，我都会带走。

已经，来不及了。

请你不要忘记我。

亡灵（哈姆雷特）

无谓之举。

可怜兮兮的话语都是无谓的。

你不懂新郎的心。

你爱的那位骑士，在你离去三日后就会把你忘记。

美丽又脆弱的罪人啊，

一直以来我备尝世上的苦痛，你也会尝到一样的。

嫉妒。

这就是你渴望被爱的收获。

真的是很棒的收获啊。

现在，那把属于新娘的椅子上，应该坐着一位比你更年轻、更容易害羞的女孩，和新郎一起立下新的誓言，以你的姿态坐着，不久更将生下孩子。

在这世上，越肤浅的人越会被众人所爱，也越幸福。

走吧，走。

只有我和你，

受尽风吹雨淋，

随风盘旋，放声哭喊，随处放逐吧！

王后 请停止！哈姆雷特，够了，停止！这到底是谁的歪主意？愚蠢到了极点，简直看不下去！反正你们就是要惹恼我，不过至少也该做得聪明一点吧。你们太卑鄙、太恶劣了。恕我失陪。我觉得很不舒服，都快吐出来了。

王 没什么好生气的，挺有趣的呀，不是吗？而且他们似乎还没演完啊。波洛涅斯演的新娘真出色。"请你用力抱住我！"仿佛呼吸都要停止般哀求的地方很精彩，一边说着"我不行了"，一边垂下颈项的样子，好像真的少女呢，演得真好。

波洛涅斯 谢谢您的赞美。

王 波洛涅斯，待会儿请你到吾的起居间来。哈姆雷特似乎说了剧本上没有的台词呢，但是看起来一点热情也没有，脸上也一副无所谓的表情。

王后 这么烂的戏，就恕我先行退下了。要是新娘是波洛涅斯，新郎就非得是海坊主[1]不可了。失陪。

王 等等。哈姆雷特，这出戏算演完了吗?

哈姆雷特 是的，很抱歉。虽然还有后续，但演不演已经无所谓了。这样就够了，反正演戏也不是我真正的目的。那么，各位请回吧，抱歉，今晚让各位看了出无聊的戏。

王 吾已料到会这样了。那么，格楚德，吾也和你一起回去。啊呀，真是有趣的戏啊。赫瑞修从

---

1 日本传说中一种住在海里的巨大妖怪，面目丑陋，性格凶恶。

维滕贝格学来的独特表演方法，特色就是不断结巴，对吧。

赫瑞修　抱歉，伤了尊耳。但我似乎还没演够呢。

王　波洛涅斯，待会儿来一下吾的起居间。那么，失陪了。

人物：波洛涅斯、哈姆雷特、赫瑞修。

波洛涅斯　看来普通的方法行不通啊。

赫瑞修　不过似乎是真的没事的样子。

哈姆雷特　那是当然的，王后动怒，国王笑了出来，光靠这两点哪算得上什么关键啊。波洛涅斯，你真是个笨蛋，演得简直就像年老色衰的奥菲莉亚。叫老子跟你受尽风吹雨淋，随风盘旋，放声哭喊，随处放逐啊！

波洛涅斯　事件从这里才开始要急转直下呢。请您继续看下去吧。

VIII　国王的寝室

人物：国王、波洛涅斯。

王 波洛涅斯，没想到你会背叛吾。你怂恿孩子们跟你一起演这出愚蠢到极点的朗读剧，到底是为什么？难道你发疯了吗？请你自重。吾大概可以猜到，你想以这样的胡闹来威胁我们，好让我们宽赦你女儿的失态，是吗？波洛涅斯，你果然太溺爱她了。为什么不直接找吾商量呢？如果你有怨恨，可以直说无妨。原来你为人如此阴险狡猾。但即使如此，你也只会耍些无趣的小手段，完全使不出如男子汉般乾坤一掷的大阴谋。波洛涅斯，做人要知耻。和乳臭未干的哈姆雷特还有赫瑞修混在一起，朗读一些空虚又做作的词句，你们到底在搞什么鬼？什么朗读剧嘛，当你用你的樱桃小口反复念着"遥远的、遥远的"，吾全身都起鸡皮疙瘩了，因为实在不忍卒睹，反而对观众觉得很不好意思，吾都流出眼泪了。你原本就是个神经纤细的人，这是你的优点，你对四面八方的小事都观察入微，连将来的事都能考虑进去，然后向吾进言，帮了吾很大的忙，吾真的衷心感谢你，你这么可靠，吾没有你不行；但这同时也是你的缺点，因为你缺乏光明磊落的行事风格，对芝麻小事都啰唆到愚蠢的地步，又不会直接说出自己的想法，而是故作绅士，拐弯抹角地说，这好像就叫作"诗人之心"吧。但你这么阴阳怪气的可不行，看起来似乎心中总是满怀怨恨，城里的人们也都被你搞得乌烟瘴气的，所以他们都不太喜欢你，不是吗？明明就做不出什么罪大恶极的事，看起来却如此阴险狡诈。这也就算了，偏偏又像个娘娘腔。

波洛涅斯　不是有句话说"有其君必有其臣"吗？波洛涅斯会一副娘娘腔的样子，都要感谢国王陛下对臣的影响啊。

王　你别恼羞成怒！太无礼了！你在说些什么？你涨红脸的样子仿佛换了个人似的。波洛涅斯，你是不是暗地里做了什么事？因为你原本就神经质，喜怒无常，是个非常情绪化的人，可能被小事给冲昏头，兴奋得忘了自己的地位和年龄，于是随之起舞，

像刚才那样用恶心的尖声饰演一个令人感到不快的
新娘，但程度还不算太严重。波洛涅斯，这三十年
来我们几乎可说是同住在一个屋檐下，但像你今晚
这样超乎想象的丑态，吾还是第一次见到，吾想好
好质问你，背后是否有什么不为人知的原因，所以
才把你叫到这儿来。你连一句道歉都没说，反而脸
色大变，狠咬着吾不放。波洛涅斯！来，冷静一下，
好好回答吾的问题。你到底为什么会忘记自己的年
龄、地位，演那种连小孩子都会发笑的戏呢？总之
那出戏……啊不，是叫朗读剧吗？总之，那种无聊
的朗读剧，肯定是你的构想，不会错的，吾很清楚。
如果是哈姆雷特或赫瑞修，一定会选择更高明的剧
本。像这种装腔作势得让人忍不住打起冷战的老掉
牙的剧本，除了你之外没别人会选。所以不管怎
么说，这都是你的杰作。来吧，波洛涅斯，请你回
答，为什么要演那种无礼又愚蠢的戏呢？

波洛涅斯　国王陛下如此英明睿智，想必不需要波
洛涅斯赘言，国王陛下都已明察秋毫了。

王　你怎么又用这么不自然的敬语说这么酸的话呢？你在闹脾气吗？波洛涅斯，不要故意露出那种表情，简直跟哈姆雷特一模一样。你也变成哈姆雷特的徒弟了吗？吾刚才从王后那里听说，最近好像到处都出现了哈姆雷特的徒弟。赫瑞修从以前就对哈姆雷特很着迷，连歪嘴的方式都模仿他，最近似乎多了一位可爱的女弟子，没想到刚才又增加了一位老爷爷徒弟。哈姆雷特陆陆续续培养出这么多优秀的后继者，他一定觉得很放心吧。波洛涅斯，都一把年纪了，不要再这么别扭，如果你有任何不满，就直接说出来，如何？如果是奥菲莉亚的事，吾心中已经有了决定。

波洛涅斯　臣斗胆，但现在的问题恐怕已不在奥菲莉亚身上。她的命运已经决定了，就是躲在乡间的城堡里，偷偷生下孩子，如此而已，所以我提出辞呈，也中止了雷尔提斯的游学，我们一家就此没落。这是命定的事，波洛涅斯已经不抱任何希望了。哈姆雷特殿下也非得迎娶英国的公主不可，因为这关系到一国的安危。奥菲莉亚虽然很可怜，但国家的命运可不能因此而改变。波洛涅斯一家不论遭逢多大的不幸，都会继续忍耐，就此隐居乡间，这一点请您安心。问题不是奥菲莉亚，而是正义。

王 正义？你说的话真不可思议。

波洛涅斯 正义，青年的正义。波洛涅斯为此深有同感。那么，国王陛下，恕我斗胆，波洛涅斯接下来就一五一十地禀告陛下。

王 看来吾似乎非得听朗读剧的后半部分不可了。你又开始用像演戏一样奇怪的姿态讲话了。

波洛涅斯 国王陛下，波洛涅斯是认真的。还请国王陛下不要不当一回事，认真地听我说。首先，我有一件事想请教国王陛下。陛下，对于最近城中流传的那则令人不快到极点的谣言，您有什么想法？

王 什么？吾不懂你所说的意思。如果是关于奥菲莉亚的谣言，吾是今天早上才从你这里听说的，那是吾做梦也没想过的事。

波洛涅斯　国王陛下您可不能装傻。现在奥菲莉亚已经不是问题了，那件事已经解决了。我刚才问您的，是更庞大、更可怕，一直悬而未解的问题。国王陛下，您真的毫不知情吗？您心里应该有个底吧？不可能没有，因为——

王　吾知道，吾什么都知道了。大家交头接耳谈论着先王的死因，作出种种无妄的臆测，吾也听说了。比起愤怒，吾更对自己的不德感到羞耻。像那种无凭无据的谣言竟然会被传得绘声绘色，是吾身为人的道德尚有不足之处所导致的，对此吾相当感伤，最近听说还传到外国人的耳里了。但如果只是任凭谣言流传，只是不断感叹自己道德的不足，谣言只会越传越广，造成无法收拾的局面，所以吾想找你商量平息这则谣言的方法。吾还算冷静，王后毕竟是女流之辈，她为了这则谣言烦恼不已，最近都夜不能眠。要是我们什么事都不做，放任时间流逝，王后就会死去啊！那些年轻人不知道我们的立场有多艰难，还故意说些讽刺、讨骂的话，把别人拼了命的生存之道当作游戏的道具。吾觉得他们的所作所为很不要脸，但这次连你也……总之，不知道到底是什么理由，你竟然站在年轻人的前面带头起舞，让吾也讨厌这个世间了。波洛涅斯，你该不会也相信那个谣言吧？

波洛涅斯 我相信。

王 什么？

波洛涅斯 不，我不相信，但是我一直假装成相信的样子。波洛涅斯在离职前留给您最后的赠礼，就是我的忠诚。国王陛下，不，克劳迪亚斯大人，这三十余年间，不只臣波洛涅斯一人，我的家族也受到您的宠爱和庇护。这次因为奥菲莉亚令人遗憾的失态行为，臣波洛涅斯不得不离职归乡，心中浮现相当多的感慨。道别令人十分痛苦，在我对您说出难以启齿的道别言辞之前，我想献给您这份忠诚的礼物，以报答您万分之一的恩情，所以刚才对那群年轻人采取了一个我认为最好的处理方法。那群年轻人一开始听到谣言时，都把它当作笑话来看，还夸张地拿它来开玩笑，嘻嘻哈哈的，但我否定他们的嬉闹，反而告诉他们这则谣言的确是有证据的，谣言是真的。

王　波洛涅斯！这算什么忠诚？你怂恿那群年轻人，又散播流言蜚语，这算哪门子忠诚和报恩？！波洛涅斯，你的罪过只辞职是不够的。吾错看你了，没想到你是这么卑鄙的男人。

波洛涅斯　请您先不要生气。如果波洛涅斯这次的处理方式是错的，不论是怎样的责罚我都甘于接受。克劳迪亚斯大人，恕我斗胆，这则奇怪的谣言令人意外地传播到各地，如果我们越想大事化小、小事化无，谣言的火焰反而会越烧越旺，普通的手段是没办法断绝的，我已经看穿这点，所以才破釜沉舟，也就是由我故意轻率地引起骚动，让那群年轻人觉醒，唤起他们对国王的同情，这就是我的手法。果然，哈姆雷特殿下和赫瑞修被我狂喊正义的狂热模样吓到了，甚至说出为国王陛下辩护的话。这股风潮从城里而起，不久便会散布到四面八方，相信谣言的火焰被全部消灭的一天也不远了。一切看似都进行得很顺利。我们越想要消灭谣言，谣言就越传越远，如果我们能够觉醒，把谣言的火焰煽大，谣言反而会自然地消灭。我都这把年纪了，还和年轻人混在一起，喊着正义、理想这些做作得牙齿都要掉下来的话语，甚至不得不饰演那个新娘的角色，实在相当痛苦，现在想起来我都还冷汗直流。还请您理解臣微薄的心意。

王　说得真好，真是伟大的理由啊。但是，波洛涅斯，吾不是小孩子，怎么会相信那种愚蠢的辩解呢？什么为了消灭谣言的火焰，就反而要煽动它，那种简直是骗小孩子的愚蠢说词，说给哈姆雷特他们听，或许他们还会相信，但吾只觉得是无稽之谈。没想到忠臣也会做出这种事。波洛涅斯！什么都别再说了！你说的都太愚蠢了，吾实在无法再听下去。换吾说给你听吧。你应该从很久以前就对格楚德抱着某种特别的情感吧。先王猝逝，格楚德流下悲伤的眼泪时，你安慰的言辞里却隐藏着异样的真情，吾很清楚。真是不像样的家伙。可怜的男人啊，吾一面想着，从那时起就已经暗中对你起了戒心。波洛涅斯，你自己没有察觉到，吾以为你是为了奥菲莉亚的失态而急躁不已，却又突然说出正义、洁癖之类的言辞，带着一群孩子起舞，迁怒于我们，现在突然一副忠臣的模样，将奥菲莉亚的事情当作转机，胡言乱语说了一堆，以极度滑稽的方式，将你长久以来压抑在心里的某种情感爆发出来。你自己没有发现，只是在你老人家的心中，有股如同孩童乱掷鞭炮般的毛躁心情，波洛涅斯，这种心情，自古以来就有一个约定俗成的名称。刚才的朗读剧里哈姆雷特也念到了这个词。你注意到了吗？那就是"嫉妒"。

波洛涅斯　哼！自恋也该有个限度。国王陛下，我才想问您怎么了呢。恋爱中的人果然都是盲目的。您自己身在恋爱里，就以为所有人看起来都想恋爱。总之，"嫉妒"这字眼就想我奉还给您。波洛涅斯一生都过着鳏夫的生活，这种令人颜面扫地的感情问题是绝对不会有的。国王陛下，嫉妒的人是您吧？
国王陛下现在的心情，才应该被称为嫉妒。您长久
以来隐藏在心中的情感终于可以传达给对方，会感
到高兴是当然的，但您却连我这种垂垂老矣的老
者都嫉妒，依波洛涅斯之见，应是府上的家务事无
法圆满解决之故。

王　闭嘴！波洛涅斯，你疯了吗？你知道你在对谁
说话吗？吾看你已经因为女儿的失态而自暴自弃
了。光是你刚才这番无礼的胡言乱语，就已经足以
将你免职、送进大牢了。吾最痛恨的事情就是肮脏
下贱的臆测。波洛涅斯，建设总需要耗费很长的时
日，但崩坏却只在一瞬间。你三十年来的忠诚勤勉，
因为今晚的无礼而消失殆尽。真是无常啊。人的命
运，连下一秒钟都无法预测，完全不知道会发生什
么事。吾虽然相信意志可以改变宿命，但在某些事
情上，还是有神的旨意。波洛涅斯，刚才其实吾已
经打算原谅你了，奥菲莉亚的事，吾也有了最坏的
打算。哈姆雷特似乎真的很喜欢奥菲莉亚，所以如
果他听不进我们的忠告那也没有办法，迎娶英国公

主一事只好取消，吾会原谅他们，让他和奥菲莉亚结婚。王后也是站在奥菲莉亚那边的，今天傍晚的时候，王后还哭着下跪向吾请求。一直以来对吾的所作所为都报以冷笑的格楚德，第一次抛弃自尊向吾请求，吾也不得不有所觉悟。迎娶英国公主一事，是诸多重大政策之一，但吾没有即使家庭不和也要果敢行事的勇气。吾太软弱了！吾不是个称职的政治家。比起丹麦王国的命运，吾更渴望一家的和平，只要能当一个好丈夫、好父亲，吾就满足了。或许吾没有当国王的资格吧。吾已经打算原谅你们了，因为我们都是弱者，我们应该彼此帮助，彼此友爱地走下去，正当吾有这样的觉悟时，波洛涅斯，你怎么会这么笨呢？你竟然擅自误以为你们一家已经没落，遂变得自暴自弃，因为倾慕王后苦无结果，演了一出朗读剧，说些讽刺的台词来报复，又对吾巧言令色地说这其实是你身为忠臣的苦肉计云云，被吾看穿之后又开始失礼至极地恐吓，满口恶言。波洛涅斯，吾已经不想原谅你了。你太愚蠢，太容易被看穿了。吾可以原谅人的恶，但无法原谅人的愚蠢，愚钝是最大的罪过。波洛涅斯，就算你辞职也无济于事了，你明白吗？

波洛涅斯　谎言，谎言！国王陛下你说的全是谎言！什么愿意让哈姆雷特殿下和奥菲莉亚结婚，根本是谎言中的谎言，大谎言！弱者？不是个称职的政治家？比起丹麦王国你更爱一家的和平？全都是谎言。比国王陛下更高明、拥有更卓越手腕的政治家，在欧洲也屈指可数，波洛涅斯从很久以前就对陛下感服不已。国王陛下，请您不要再有所隐瞒，此刻这个房间里就只有您和波洛涅斯二人，没有外人了。时刻也已是丑满时[1]，不仅是城内的人，连巢居屋檐的小鸟、栖息在天花板里的老鼠，都已深深熟睡了，没有人在偷听。来，请您说吧，波洛涅斯已经很清楚了，国王陛下，您这两个月来应该一直在等着能让波洛涅斯失势的机会吧？

王　满口胡言。丑满时又如何？你用了一大堆如同

1　亦写为"丑三时"，是凌晨三点至三点半人熟睡的时刻，常被引用为幽灵容易出现的时刻。

戏剧的台词,一点都不觉得不好意思,还气成这样?真是难看。波洛涅斯,够了,你退下吧,改天吾再召你。

波洛涅斯 请您现在就说吧。波洛涅斯已经下了决心,反正我是逃不了了。国王陛下这两个月以来,一直用紧盯猎物的眼神注意着我有没有任何失态,因为我知道这点,所以处处慎行,尽量不违背国王陛下的旨意,一直到今天为止,都算小心翼翼,未犯大过。我让雷尔提斯去法国游学,也是为了让他逃过国王陛下如天罗地网般的窥伺之眼。就算我没有失态,也难保雷尔提斯不会因为年轻气盛而闯出什么祸来。如果雷尔提斯有一丁点逾矩,在一旁等待已久的国王陛下肯定会让我们一家灭门抄族,这是洞若观火的事实,我为保万全,以为让雷尔提斯逃到法国就能安心,遗憾的是,我最信赖的奥菲莉亚反而闯了难以收拾的大祸,我昨天知道以后,脚下的土地仿佛唰的一声崩裂开来,我彻底绝望了。我希望至少能让奥菲莉亚得到幸福,今早抱着仅存的一丝希望前去找哈姆雷特殿下商量,但恕我失礼,哈姆雷特殿下毕竟还太年轻，只是反复说着像是黑云翻涌、乱云覆过心头之类无关紧要的话，完全无法倚靠。我再仔细问哈姆雷特殿下，他才说，比起奥菲莉亚的事，现在他更在意那则关于先王死因的恐怖谣言，还信誓旦旦地说，一定要找出谣言的来源。如果我就此旁观年轻人鲁莽行事，说不定他会打草惊蛇，惹出什么严重的后果，于是波洛涅斯便拿出此生仅有的妙计，拿出我对您的忠诚赠礼，毫不犹豫地支持年轻人解开他的疑惑，并且带头摇旗大喊正义，提议演出那种破绽百出的朗读剧，就是为了让年轻人看傻了眼之后，唤起他们的觉醒之心，这些我刚才都已禀告过了，但国王陛下，您完全不相信我。在我心深处，毕竟还是深深怜悯奥菲莉亚的，只要她能得到幸福，也就够了，所以我才希望可以尽快解除哈姆雷特殿下心中的疑惑，这样他才能全心为奥菲莉亚着想。我坦承心中的确有些许这样的想法，但这绝对不是全部。国王陛下，请您相信我！想做好事，希望被别人感谢而活，是人的本能。今天一整天，波洛涅斯都想为国王陛下、王后殿下和哈姆雷特殿下献上忠诚的礼物，原以为

一定能得到您的赞美，却被您数落只会说愚蠢的
好听话，嘲笑我自暴自弃，最后还把嫉妒这种无
妄之罪硬扣在我头上，波洛涅斯实在忍无可忍，
才脱口讲出许多失礼的恶言。波洛涅斯很清楚，
国王陛下这两个月以来，一直在等着波洛涅斯陷
入如此绝境，您的本意一定是这样的，对吧？波
洛涅斯果然是个笨蛋，是丹麦王国里最笨的愚者，
明明从一开始就知道会是这样的结果，却还多嘴
说什么忠诚的赠礼之类的大道理，反而陷自己于
不利的立场。您对我的处罚也渐渐加重了，对吧？
我真是自掘坟墓。

王 啊啊，吾都听到睡着了。你净说些像台词般的
花言巧语，吾不自觉就恍神了。波洛涅斯，你死心
吧，事到如今还说这些废话，已于事无补。你退下
吧，吾已有决意。

波洛涅斯 恶人。国王陛下，您真是个恶人，我憎
恨你。我就说吧，您以为我不知道那件事吗？我都
看见了，用这双眼睛看得清清楚楚。两个月前，我

不小心瞥见，从那之后我就陷入了不幸之中，国王陛下您也察觉事情被我看见了，所以在那之后便处处紧盯着我，看我何时会不慎失足，我就此被国王陛下厌恶。这段时间里我自己也有了觉悟，总有一天我会被逼到绝境，被国王陛下从城里赶出去。唉，要是我没看见就好了，要是我什么都不知道就好了。刚才我只是假装成正义之士，但现在却打心底想要大喊：正义！

王　退下！我不能再放任你胡言乱语！你满脑子只想着让自己的过失被原谅，竟然还敢出言威胁吾！真是个肮脏的老头！退下！

波洛涅斯　不，我不退下。我都看见了。我不会忘记两个月前的那一天，早上还冷得冰天冻地的，但接近中午时，阳光显现，就变得暖和许多，先王坐在庭园里，那时、那时……

王　你疯了！吾现在就赐你惩罚！

波洛涅斯　我就接受您的惩罚！都是因为我看见了，才会受到惩罚。啊！畜生！竟然是短剑……

王　原谅吾！吾不打算杀你的，但不自觉就拔剑出鞘，刺了出去。吾原本只把你那番令人不齿的恶言恶语，当成一位老人为了自己可怜的女儿气急败坏才说出的言论，但你却越说越过分，简直像疯了一样，含血喷人说出可怕的怪事，吾便不由分说地拔出短剑，刺了下去。原谅吾！你说得也太过分了。不用担心奥菲莉亚。波洛涅斯，你明白吾说的话吗？你认得吾的脸吗？

波洛涅斯　都是为了正义，没错，都是为了正义。奥菲莉亚，帮我拿出铠甲。爸爸……是个没用的爸爸啊……

王　是眼泪。没想到从吾这种人的眼里也会涌出泪水。如果泪水能够洗清吾的罪孽就好了，波洛涅斯，因为你都看到了，你的怀疑也不无道理。啊！谁？谁站在那里？别逃，站住！啊，是格楚德啊。

IX 城内大厅

人物：哈姆雷特、奥菲莉亚。

哈姆雷特 是吗？原来你从昨晚就没看见波洛涅斯啊，的确有点奇怪。不过，肯定不会是什么大事。大人有大人的世界嘛，即使知道自己露骨的权谋一定会被他人看穿，还是装出一脸严肃的样子，这边交头接耳一番，那边挤眉弄眼一番，带有深意地点着头使眼色，但其实都不是什么大事。他们只是喜欢装出一副很有权谋的样子，即使无法回答问题，也要集合乌合之众随随便便开个会，他们就是喜欢表现这种愚劣的演技。叔父和波洛涅斯都喜欢使一些小家子气的招数，说不定两人昨晚又在商量要耍什么小把戏了。昨晚的朗读剧也是波洛涅斯深思熟虑的结果，如若不然，只能说他真的疯了，只是一个图一己之利，小家子气的伎俩罢了。我大概猜得出来。那些人的城府还真深啊！城府深的人本来就满脑子都是小心眼的利益计算，只会做些肤浅的扫兴事，是一种可悲又卑贱的存在，但如果因为看穿他们而露出轻蔑或无视他们的举动，就会招来横祸，佯装不知情仍会被他们算计。虽然他们的存在令人鄙视，令人想刻意忽略，但还是不能对他们大意。我原本以为波洛涅斯打定主意要演朗读剧，只是为了可怜的女儿，所以甘愿犯上，故意讽刺国王和王后，但昨晚我又仔细想了一遍，觉得应该没有这么单纯。这些人的所作所为，从头到脚都充满了心机，全是巧妙又卑劣的欺诈手法，所以我讨厌这样，但昨晚我终于懂了，懂了之后顿时一惊。这些人实在太可怕了，毫无信用可言。这世上果然是有恶人存在的啊！我长这么大才总算发现了这件事。不过，这种无趣的发现根本不值得夸耀。我太笨、太不受教了，到现在才为这种众所周知的事感到惊讶，真是笨得可以，唉，傻成这样，我也太夸张了。昨晚的朗读剧一定也是叔父和波洛涅斯早就密谋好的，一定是这样，如果是我看错，我甘愿把这对眼珠挖出来给你。我不会再被骗了。叔父为了躲避我们疑惑的视线，于是找波洛涅斯商量，为了某个必须对我们隐瞒的目的，想出那种令人不快至极的点子。我被他们当成笨蛋耍了，完全随着他们起舞。也就是说，叔父为了掩饰自己的阴谋，所以先下手为强，想了一个肤浅的伎俩，就是命令波洛涅斯来怂恿我们演出那愚劣的朗读剧，如果国王一副平心静气的样子，我们就会感到失望，那个恐怖的疑虑自然会从心中消失，接着，城里的人们也会有和我们一样的感觉，一传十，十传百，所有不祥的耳语将就此消失。我不是在说疯话，因为叔父和波洛涅斯原本就是一丘之貉。为什么我没早点注意到这么显而易见的事呢？他们也太不知分寸了，非得事事都欺骗我们不可吗？我们将他们视为依靠，心生亲近，但他们绝对不会向我们敞开心胸，只怀抱着无比的戒心，处处算计我们，太可悲了，这算什么呢？就像两个人事先讲好，一个人演检察官，另一个演被告，故意吵架给大家看，再挑个适当的时机宣布证据不足，被告就可以被无罪释放。我和赫瑞修被当成检察官，一脸严肃地参与了这场戏，还得意洋洋，以为做了好事，这都会被后世当成笑柄吧！天啊！真是无上的光荣！但他们的策略确实是成功的，赫瑞修就不停地说："这下可以还国王陛下清白了，哈姆雷特王家万万岁！我们一时听信传言，还对国王陛下起了疑心，真是羞耻，演了那么失礼的朗读剧，没被骂就很好了。"他变得完全相信叔父，并且对自己的疑惑感到惭愧，我想城里的人们应该也会因此重新尊敬叔父。人心真不可靠啊！就像被风吹动的芦苇，轻易地左倒右倾。连我也是，一演完朗读剧，只想着都是因为被波洛涅斯急得乱了套，对叔父太过意不去了，甚至想到国王的起居室道歉，但后来冷静想一想，开什么玩笑！我完完全全被骗了啊！一想通这件事，我吓得全身汗毛直立。一定有什么证据！那则不祥的谣言不是空穴来风！叔父和波洛涅斯都是一伙的，他们现在一定为了防止事迹败露而商量着。但我都已经看清了，我不会再被耍了。事情发展至此，我也不得不有所觉悟。他们是恶人，波洛涅斯明明从一开始就知道一切，却故意对我们喊着他是站在正义与年轻人这边之类的花言巧语，令我们随之起舞，真是漂亮的伎俩。如果那种人也算正义的一方，那天国一定会挤得水泄不通，地狱则空无一人吧。哎呀，失敬，我太激动了，都忘了波洛涅斯是你的父亲。但我并不仅仅针对你父亲哟，对于叔父我也有同样的想法，我是对这世上所有成人的行为感到气愤，这点希望你不要误会。哎呀，怎么哭了呢？怎么了？因为仍旧没见到父亲，觉得不放心吗？你果然还是会担心啊。没事的，他一定正为了国王陛下的某道密旨，忙得不可开交，虽然我也不知道是什么样的工作……不过，他一定不会有事的。

奥菲莉亚　我才没有哭呢！是因为有脏东西跑进眼睛里，我已经用手帕擦掉了，你看，已经擦掉了，所以我没哭啊，对吧？哈姆雷特殿下，您总是将您观察到的我的情绪放大解读，有时害我都忍不住发笑。像我恍惚地眺望着夕阳，觉得夕阳真美的时候，您轻轻地将手放在我肩上，说："我懂，很痛苦，对吧？可是痛苦的人不只是你，我也懂夕阳的悲哀，但还是要坚忍地活下去，就算是为了我，你也要继续活下去。在这世上，动过'干脆一死了之'这种念头，却又压抑着而继续活下去的人，有好几万，甚至几十万人那么多啊！"您一脸严肃，好像我就要赴死一样，令我觉得可笑。现在的我，并未遇到任何悲伤的事。因为您的观察力异常敏锐，常常只有您一个人大惊小怪，使我觉得很困扰。女人啊，不会总是想得那么深入，我们活得糊里糊涂的。虽然从昨晚就没见到父亲，有点担心，但是我相信，父亲绝不是哈姆雷特殿下所说的那种恶人。您是个善变的人，今天说了那么多他的坏话，明天一定又会改口褒奖他，因为这样，其实我很少把您说的话当真。但是像刚才那样，说了一大堆怀疑父亲的恐怖话语，害我也忍不住想哭。父亲是个很没主见的人，容易激动、兴奋。昨晚因为身子的关系，我没前去观赏那出朗读剧，但我想，如果父亲真的说是为了正义，那就一定是如此，绝对是因为父亲确实萌生了正义之心。父亲确实常对我们开玩笑，对我们撒点小谎，但绝不可能编出无法无天的谎言。因为他是个认真的人，这是他的洁癖，也因为他是个责任感很强的人。我想昨天父亲一定是因为哈姆雷特殿下你们的热情而感动不已，才会激动到没头没脑地演了朗读剧。请您要相信父亲啊。

哈姆雷特　哎呀哎呀，今天到底是哪阵风吹动了这张红唇？仿佛要从嘴里吐出火来似的。真是难得一见。如果每天都能这样子，我会很满足、很开心的。

奥菲莉亚　我这么认真，您却不把我的话当一回事！我什么都不想再讲了。哈姆雷特殿下，我从今天开始，会把想到的事情原封不动地讲出来，我以为哈姆雷特殿下会夸奖我，因为我说话总是吞吞吐吐，常常说到一半就停住，哈姆雷特殿下就会因此而心情不佳，以"你不能这么不信赖我，因为你太在意彼此的爱情，说话才这么结结巴巴的"这样的话对我说教。这两个月来，我变得毫无自信，时常抽抽噎噎地哭着，即使有想讲的话，也讲不出来，只会叹气。以前我从不曾这样，一有了令人痛苦的秘密之后，就变成完全没用的人了。但今天王后殿下对我说了许多安慰的话，令我又恢复了元气，身体状况也仿佛和昨天大不相同，觉得舒畅许多。现在，我心中只有一个希望，就是能顺利诞下哈姆雷特殿下的孩子，好好将他抚养成人。现在，我很幸福。怎么说呢，我感到非常开心。以前那个总是少一根筋的奥菲莉亚，从今以后会变得更有自信，想到什么都会勇敢地说出来。哈姆雷特殿下，恕我多嘴，您多少有点诡辩家的性格，因为大家似乎都把您说的话当成演戏的台词看待，太不成熟了。恕我多嘴，您每天都是一副喝醉的样子。恕我多嘴，您太自以为是，太讨人厌了，又总爱杞人忧天，不把自己当成悲剧的主角就觉得不过瘾。恕我多嘴，那是因为……本来就是这样嘛！不管是国王陛下，还是家父波洛涅斯，都绝不是哈姆雷特殿下口中那种恶劣、下贱的人。只有哈姆雷特殿下您一个人在闹别扭，所以才会害怕国王陛下、家父，甚至王后殿下。我的想法就是这样。最近似乎有不好的谣言在城中流传，但谁也没有当真啊！我家里的乳母或侍女们都只是淡淡地说："最近这种剧目好像在国外很流行呢，剧情真是精彩啊！"她们根本不觉得这事和丹麦王国的国王陛下或王后殿下有关。大家都真心敬爱国王陛下和王后殿下，我觉得这样就够了，哈姆雷特殿下，现在王城里因为真的起了疑心而深感痛苦的，大概只有你吧。但昨晚父亲因为萌生正义之心而演了朗读剧，又是怎么一回事？我一点也不明白。一定是因为父亲太激动了，他本来就是容易激动的人。我没有评断父亲的资格，再说女孩子对大人们的所作所为也评断不出什么结果来。虽然我不是很清楚整件事的来龙去脉，但我相信父亲，也相信国王陛下，而王后殿下本来就是我相当尊敬的人。其实一点事也没有，只有哈姆雷特殿下一个人说着计谋、城府、花言巧语等，好像身边全是恶人似的，搞得自己紧张兮兮，这太可笑了。恕我多嘴。因为，您明明没有任何敌人，却自己幻想出敌人的影子，还时时叮嘱自己不可大意，要当心被骗，这太过头了。不管是国王陛下，还是王后殿下，都如此深爱着哈姆雷特殿下，为什么您就是不懂呢？哈姆雷特殿下，没有人是恶人啊。说不定您才是恶人。大家都过着平稳的生活，只有您说着满口歪理去攻击他们，让他们痛苦，让他们觉得这世上只有您的爱是最纯粹、最无私的——

哈姆雷特 奥菲莉亚，等等！平时你老是抽抽噎噎，让我很伤脑筋，但像这样自信满满、气焰高涨的样子也吓到我了。奥菲莉亚，你今天是怎么了？原来如此，你一直是这样看待我的吗？真令人遗憾啊。你什么都不懂。女人啊，就算对她们说得再多也没用，她们是听不懂的。我太天真了。或许我真是喝醉了吧。说我奇怪，像在演戏？算了，如果你们觉得是这样，那我也没办法。但是，我绝对没有自以为是，也不会因为觉得只有自己的爱是纯粹无私的，就胡乱攻击他人让他们痛苦，事实根本是相反的。我真是个没用的男人，太没出息了。我也深以为耻，慌乱得有如惊弓之鸟。就是因为我深切明白自己的缺点与恶德，才会讨厌自己，让自己陷入动弹不得的绝境。我绝对不是诡辩家，而是 realist[1]，我能正确地解读每一件事，不管是自己的愚蠢，还是见不得人的地方，我全部都知道。不仅如此，我对他人背地里的想法非常敏感，嗅出他人秘密的速度非常之快，这是我的劣根性。有一句谚语说"同恶相契"，完全如此，我能这么快发现别人的恶德，正是因为自己也拥有同样的恶德。当我自己在做不公不义的事时，对别人的不公不义也会很敏感。这种嗅觉不能说是优点，反而是羞耻所在，而很不幸的是，我就拥有这种卑劣的嗅觉，而且这嗅觉从没失误过。

1　意为现实主义者。此处按太宰治原文 リアリスト（realist 的日文片假名）的写法，特不译为中文。

奥菲莉亚，我是个不幸的孩子，你不会懂的。我没有任何伟大之处。我一事无成，又胆小如鼠，而且过于感情用事。像我这样的人，到底该怎么活下去呢？奥菲莉亚，我会说叔父、母亲或波洛涅斯的坏话，不是因为我轻蔑他们，我没有那样的资格。而是因为我恨他们。我总是被他们背叛，被他们舍弃，所以我恨他们。我打心底信赖、尊敬他们，他们却对我处处防备，以一副被迫触摸恶心物品的表情，恐惧地对我苦笑。唉，他们明明是那么上流的人，却总是使出高明的手段背叛我。他们倒是不曾吼过我、打过我，但也从来没有对我敞开过心扉。他们到底为什么这么讨厌我？我始终爱着他们，非常非常地爱，简直爱到不行，爱到随时都可以为他们牺牲性命。但他们却总是避开我，在背后批评我，摆出一派优雅的样子，叹着气说"真伤脑筋啊"或"就是个养尊处优的小少爷嘛"之类的话，这些我都知道。并不是我自己误解或擅加揣测，而是我知道的都是正确的。奥菲莉亚，这样你多少懂了吧？如果连你也加入那些大人的行列，对我说些看似忠告的话，会让我觉得很沮丧。有哲学家说过："想体会孤独的滋味，就去恋爱。"原来是真的啊。唉，我只是渴望爱情，想要听到朴实的爱的言语。但果然还是没有人愿意大喊："哈姆雷特，我喜欢你！"

奥菲莉亚　奥菲莉亚这次不会输给您了。哈姆雷特殿下，您的推托之词真的很高明呢！嘴上这样说着，实际上却是那样，我说您太自溺，您反而说："没有其他男人的生存之道比我更悲惨。"如果您真的那么明白自己的缺点，只要自嘲就好，不用随意攻击别人，或干脆沉默，努力把缺点改正过来就好了呀，只是自嘲是没有意义的。恕我多嘴，您太在意别人看待自己的方式了，这真的很令人困扰呢。哈姆雷特殿下，请您振作起来，想听到爱的言语这种像女孩子撒娇的话，请您从今以后都别再说了。大家都很爱您，只是您太贪心了。恕我多嘴，倘若人的心中真的有爱，反而不会轻易将爱的言语露骨地说出来，大家都是这样的。对自己心爱的人，会觉得自己越来越爱对方，也会有就算自己不说，对方也会懂的自信。但您却把这仅存的自信也蹂躏殆尽，甚至不惜喊破嘴，也要高呼爱的言语。爱是一件令人害羞的事，被爱也是，所以就算彼此如何深爱对方，也无法轻易说出"我爱你"。如果硬要逼对方喊出这些，是很残酷、很任性的。哈姆雷特殿下，就算您不相信我对您的爱情，还请您相信王后殿下对您的爱。王后殿下很可怜，她只有哈姆雷特殿下您一人可以依靠。今天在庭园里，王后殿下握着我的手，哭得很惨呢。

哈姆雷特　真意外啊。竟然会从你的嘴里听到爱情的哲理。你何时变得这么博学的啊？够了，别说了，净说些歪理的女人，肯定会被男人抛弃的哦。保罗可是这么说的："我不许女人讲道，也不许她辖管男人，只要沉静。"[1] 他还说："不过女人如果在自制中持守信仰、爱心、圣洁，就会在生养儿女中得以保全。"[2] 意思就是别老是想着要教导别人而硬把男人的头压下去，只要安静地，想着即将诞生的孩子的事就好。是好孩子的话就别

1　《新约·提摩太前书》2：12。
2　《新约·提摩太前书》2：15。此处选用较符合太宰治原文的中文标准译本译文。现代标点和合本的译文如下："然而女人若常存信心、爱心、又圣洁自守，就必在生产上得救。"

再说那种奇怪的歪理啰！世界都变得黑暗了。要是我猜得没错，你一定是被母亲灌输了奇怪的歪理，才得到这种莫名其妙的自信。因为母亲也算是个理论家吧，你看，她现在不就正在承受保罗的处罚吗？要是下次你遇到母亲，就这么对她说：没有言语的爱情，自古到今一个实例也没有。如果觉得自己是因为太深爱对方才无法把爱说出口，那只是极其顽固的任性在作祟。要把爱说出来是很令人害羞的事，对谁而言都是如此，但是，闭起眼睛无视那份羞耻，把心中如怒涛般汹涌的爱意喊出来，才是爱情的本质。如果保持沉默，到最后爱情只会变得浅薄，因为这太 egoism[1]，太算计了，并且害怕承担后续的责任，这样也算爱情吗？会觉得害羞而说不出口，是因为只在乎自己，害怕跳进感情的怒涛。就算结巴也好，只有一个字也好，如果彼此存在着真的爱情，便会不经意说出爱的言语，绝望的时候更是如此，鸽子和猫不也会鸣会叫吗？没有言语的爱情，即使搜遍古

---

[1] 意为自我本位，只求利己。此处按太宰治原文 エゴイズム（egoism 的日文片假名）的写法，特不译为中文。

今中外也寻不出例子，你就这么告诉母亲。爱是言语，如果没有言语，这世上也就不会有爱情存在。如果以为爱除了言语以外还有其他实体，那就大错特错了。《圣经》里也这么写着："道与神同在，道就是神。[1]……生命在他里头，这生命就是人的光。[2]"真想把《圣经》的这段文字拿给母亲看看。

奥菲莉亚　不是的，这些绝对不是王后殿下教我说的，我只是努力将自己的想法全部传达出来而已。哈姆雷特殿下，您刚才说的话真令人恐惧。如果爱情除了言语之外别无他物，爱情也太空虚无聊了，还不如不要呢，因为这只会让世间变得更加复杂。无论如何我都无法认同哈姆雷特殿下所说的。神是存在的，神默默地爱着每一个人。神才不会大喊"我喜欢你"呢！而尽管如此，神还是爱着世间万物的，不管是森林、花草、河流、女孩、成人，就连恶人

---

[1] 《新约·约翰福音》1：1。此句英译本作"the Word was with God, and the Word was God"，"the Word"专指福音书，亦是所谓的"道"，但哈姆雷特在此是指 word 的一般解释"言语"。

[2] 《新约·约翰福音》1：4。

也默默爱着。

哈姆雷特　你在说什么幼稚的话！你信仰的是邪教的偶像，神是确实拥有言语的。你想想，从一开始教导我们，使我们清楚明白神的存在的，是什么呢？不就是言语吗？不就是福音吗？因为基督——糟了，叔父带着一大批侍从，气冲冲地过来了。这间大厅今天要举行什么仪式吗？我以为平常很少用到这间大厅，很适合和奥菲莉亚密会，才会隔三岔五把奥菲莉亚叫到这里来，没想到出现这种意外之事，失算了。奥菲莉亚，你快从那个门逃走，改天我再好好告诉你这些道理，接下来还有很多事得教育你呢。没错，就是那个门。真是利落啊！逃得像风一样快。看来，恋爱能让女人成为特技演员呢。啊，这句说得好糟。

人物：国王、哈姆雷特、侍从数名。

王　啊，哈姆雷特，已经开始了，战争已经开始了。雷尔提斯搭的船被摧毁了，消息才刚传回来。他们经过卡特加特海峡时，挪威的军舰毫无预警地出现，对我方开炮。那艘船是商船，完全无法与之抵抗，不过雷尔提斯很勇敢，他呵斥已经吓得腿软的船员，激励他们，还亲自拿枪站在上甲板，以有限的弹药不停攻击敌军。但敌人的炮弹击中我们的船桅，船帆马上就猛烈燃烧起来，另一发击中船腹，爆炸的声音闷闷地在船中响起，船身剧烈摇晃，开始倾斜，船只已经没救了。这时雷尔提斯开始下令准备逃生船，四五名船客先攀上逃生船，后来他又命令有妻子的船员先避难，自己则和五六名无惧的年轻船员留在船上，一一拔剑等待敌兵来袭。即使只是一兵一卒接近我方的船，雷尔提斯都抱着赴死的觉悟，泰然自若的样子仿佛赫拉克勒斯[1]，敌舰看到他的勇者之姿都不

1　希腊神话中半人半神的英雄，又称大力士。

禁心生恐惧，只敢在我军的帆船附近徘徊，等它被大火吞噬。最后，雷尔提斯悲壮地和船只一同牺牲了。真令人不舍啊！他和他父亲一样，是名副其实的忠臣，不，是不负父亲之名的杰出勇者！吾等必得报答雷尔提斯的一片赤诚之心啊。如今正是丹麦奋起之时，和挪威长年失和，终于爆发了战事。今天早上吾接到急报，便马上有了决意。神是站在正义这一方的，若与之对战，吾国丹麦必会胜利，一直以来吾都在等这个机会。雷尔提斯的牺牲令人尊敬，吾会将他们父子……不，吾必会厚葬雷尔提斯，以慰他在天之灵，这是吾身为国王的义务。

哈姆雷特　雷尔提斯啊，和我一样才二十三岁，我的竹马之友啊。虽然有些顽固，又爱生气，叫我有时不知该怎么跟他相处，但他是个好人。要是奥菲莉亚知道他的死讯，一定会昏倒的，幸好她不在这里。雷尔提斯是为了将来能出人头地，才出国留学增长见识的，却在途中遭遇突降的灾难，而他也立即舍弃自己的野心，为了守护丹麦王国的名誉，面无惧色地牺牲了自己！我输了。雷尔提斯，你应该很讨厌我吧。其实我也不是很喜欢你，发生奥菲莉亚的事之后我就更怕你了。我们从小就不断竞争，算是棋逢敌手，脸上露出微笑，实际上却是互相憎恨的。对我而言你是个绊脚石，但是，你果然是个了不起的家伙啊！父亲大人——

王 你第一次称吾为父亲呢！真不愧是丹麦国的王子，为了国家的命运而完全舍弃私情。今日，吾召集群臣来此大厅，就是因为待会儿有要事宣布。哈姆雷特，让我们看看你英勇的将军之姿吧！

哈姆雷特 不不不，我当个弱小的兵卒就可以了。我不如雷尔提斯啊。波洛涅斯还好吗？他一定相当悲恸吧？

王 那是当然的，吾也打算好好安慰他一番。那么王后呢？发生什么事了？今天早上就没见着她的人。吾已经派赫瑞修去找了，你有见到她吗？今天的宣布仪式如果少了王后列席就不好了。这种时候，波洛涅斯不在，果然十分不便啊。

哈姆雷特 那么波洛涅斯呢？已经不在城里了吗？是不是出发去哪儿了？叔父，为何您脸色变得这么难看？

王 没事。眼下是丹麦王国兴衰攸关的重要时刻，不会因为波洛涅斯个人的问题而受影响。是吧？吾就告诉你，波洛涅斯已经不在这个城里了，因为他是个不忠之臣。现在不是该告诉你详情的时候，改天若有更好的时机，吾再毫不隐瞒地向你解释。

哈姆雷特 应该是发生什么事了吧？昨晚，到底发生什么事了？叔父如此激动，应该不只是因为战争。我也不自觉沉浸在雷尔提斯壮烈牺牲的事情里，忘了身边的纷争。叔父说不定是想借这次战争隐蔽自己的阴谋，说不定，这次——

王 你一个人在嘀咕什么？哈姆雷特！你这个笨蛋！大笨蛋！不许再给我胡闹了！战争不是玩笑，

也不是儿戏，整个王国里就只有你还一副置身事外的样子！既然你如此怀疑吾，吾就回答你。哈姆雷特，城中流传的谣言是事实。不，不是的，说吾毒杀先王并不是事实，吾只是曾经有一晚下过那样的决心，但先王的确是因病猝逝的。哈姆雷特，你还要惩罚吾吗？一切都是因为爱啊！但让人悔恨的，也是爱。哈姆雷特，吾全部都说出来了，你还打算惩罚吾吗？

哈姆雷特　这个问题就交给神吧。啊，父亲大人！不，叔父，我不是在说你。我也曾有过属于我的父亲啊！可怜的父亲大人。从肮脏的背叛者中，满脸笑容，如替身般重生的父亲大人。背叛者，就会像这样！

王　啊！哈姆雷特，你疯了吗？！竟然拔起短剑挥舞，趁我们还来不及反应时往自己的左颊削去。真是个愚蠢的家伙。血流满地，真是脏。这到底是在演哪出戏呢？原本以为他要刺吾，却没想到刀尖一转，反而伤了自己的脸颊。这是自杀的练习，还是新型的恐吓？如果是奥菲莉亚的事，你根本就不用担心啊，真是个笨蛋。等你凯旋，我一定会让她陪在你身边的。没什么好哭的，战争开始之后你也会是将帅之一，你这样哭，会失去部下对你的信赖。啊，那个……血都流到上衣了。来人啊，把哈姆雷特带下去治疗。是听到战争而发狂的吗？真是个没出息的家伙。啊，是赫瑞修啊，什么事？

人物：赫瑞修、国王、哈姆雷特、侍从数名。

赫瑞修　抱歉！臣一身狼狈，冒昧前来。啊啊，王后殿下她、她……那个庭园的小河里——

王　她跳河了吗？

赫瑞修　已经回天乏术了。王后殿下死意坚决，她身穿丧服，右手紧握着一个小小的银十字架。

王　软弱的家伙。她应该是助吾一臂之力的人，却在这种紧要关头，做出这种自以为是的蠢事。不是吾的错！都是她自己太软弱，太在意别人的想法。真遗憾。啊啊！死的人太任性，吾不会死，吾要活着，完成吾的夙愿。还有一个男人隐忍着他人的侮辱而活着。神一定会垂爱像吾这样孤独的男子。变强吧！克劳迪亚斯，忘记爱，忘记虚荣吧，为了丹麦王国的名誉这面最伟大的旗帜而战吧！哈姆雷特，在我心中，有一个男人比你还爱哭。

哈姆雷特　我不相信。我会一直怀疑到死去为止。

越级申诉

庭上，我要申诉，我要申诉，那个人，太可恶，太可恶了，是的，他是个讨人厌的家伙，是个恶人！啊啊，我再也不能让他继续活下去了。

是，是，我会冷静地好好叙述。不能再让那种人存在了，他和整个世界为敌啊！是的，我会一五一十仔细地陈述。我知道他的居所在哪，现在就可以带您前往，请杀了他，将他碎尸万段吧！那个人是我的老师，也是我的主，但其实我们同年，都是三十四岁。我只不过比那个人晚出生两个月而已，应该不会有太大的辈分差异，人与人之间本来也就不该存在如此严重的差别待遇，然而及至目前，我不知受他恶意使唤了多少次，又被他嘲弄了多少回。啊啊，我再也再也受不了了！在限度之内，我已经极力容忍，但要是该生气的时候不生气，就不配当人了。一直以来，我暗中给了他多少庇护啊！没有人知道这件事，就连那个人自己也没注意到……不，那个人其实是知道的，他很清楚，就是因为他明确知道这点，才会故意轻蔑我。那个人实在太傲慢了。他是因为受过我许多帮忙和照顾，才

对自己失望的。那个人，简直自恋到了极点，他觉
得接受我的帮助是种奇耻大辱，总希望别人觉得他
是万能的，什么事都能靠他自己一个人完成，真是
蠢话，世上才没有这种事呢！为了在这世间生存，
谁不是处处对别人低声下气、哈腰鞠躬，再想尽办
法一步步踩在别人头顶上过日子的呢？除此之外别
无他法。那个人到底有什么能耐？说穿了他什么也
不会。就我看来，他不过是个毛头小子。要是没有我，
哼，那个人和他那帮愚钝无能的门徒早就不知道倒
毙在哪片荒原里了。"狐狸有洞，天空的飞鸟有窝，
人子却没有枕头的地方"[1]——对，对，就是这句话。
我不喜欢把话说得太明，但彼得能做什么？雅各布、
约翰、安德烈、多马只会亦步亦趋地跟在那个人的
屁股后头，说些恶心到听了背脊都要发凉的马屁话，
盲目狂热地相信什么天国的愚蠢说法，简直是一群
白痴。如果天国真的要近了，就凭那些家伙也能当
上天国的左大臣、右大臣[2]吗？！真是一群笨蛋。

---

1 《新约·马太福音》8：20。意为天上和地上的动物都有栖息之所，遵
奉神旨的耶稣却牺牲了能安静休息的家。

2 日本律令制中，管理一般国政的太政官位阶最高，设有太政大臣与左、
右大臣三职，左大臣主要辅佐太政大臣，而右大臣主要辅佐左大臣。

那天大家潦倒到连面包都没的吃，要不是我四处奔走，大家早就饿死了。我让那人上街宣教，再暗地里煽动群众掏钱奉献，或硬向村子里的有钱人讨些供物。从安排旅途上暂居的处所到添购日常衣食等，我总是不厌其烦地一手包办了，没想到不只是那个人，就连他那群笨蛋门徒也从未对我道过一声谢。没道谢也就罢了，那个人甚至假装不知道我平常付出的这些辛劳，老是说些夸张的大话，在我们只有五个面包跟两条鱼可吃的时候，召集了大批群众，说会把食物分给他们，净出这些无理取闹的难题给我。我私底下费了很大的工夫，四处奔走，才总算买齐了他要求的食物。说起来，我为了帮那个人实现奇迹，完成他那危险的魔术，已经当了无数次助手。别看我这样，就以为我是个吝啬小气、见不得别人好的男人。正好相反，我可是个无私的奉献者啊！我还是觉得那个人相当美好。就我看来，他像个孩子一样无欲无求。每当我为了三餐拼命节省，好不容易存了一点钱，那些钱却在转眼间被花得一毛不剩，而且都是花在不该花的事物上。不过，即便如此，我也心无怨恨，因为他是个美好的人。虽然我本来只是个贫穷的商人，但我能够理解理想家的心思，所以就算那个人把我一点一滴辛苦存下的金钱全拿去做了蠢事，我也觉得无所谓。我是真的觉得无所谓，但偶尔说句好听的话安慰我也好啊，那个人却老是心怀不轨地利用我、使唤我。某个春天，那个人在海边散步时忽然叫了我的名字，说："我也受了你不少照顾呢。我能了解你内心的寂寞，但你不能老是摆着一张臭脸吧。寂寞时就露出寂寞的神色可是伪善者的行为，因为你只是希望别人知道你寂寞，所以故意变了脸色让别人看到。如果你真心诚意地信神，那么即使感到寂寞，也能像什么事都没发生似的整理仪容，把脸洗干净，在头顶涂上油膏，然后露出微笑。你就是不懂呢。即使不将寂寞告诉别人，在我们看不见的某个地方，你至诚的天父也会知晓。这不就够了吗？不就是这么回事吗？因为每个人都会寂寞的啊。"我听了他这番话，不知为何突然想放声大哭。即使我的天父不能垂知，即使世人一概不知，但是，只要你懂得我的寂寞，那就够了。因为我爱着你啊。其他门徒总说自己深爱着你，但那都比不上我对你的爱。谁都比不上。彼得和雅各布那些人之所以跟随你，纯粹是想从中捞些好处、沾一点光。不过这事只有我一人知道。我知道跟着你并不会得到任何好处，我明明知道，却无法离开你。究竟是为什么呢？如果你不在这世上了，我也会马上跟着死去，无法独自存活下去。有件事我自己偷偷想了很久，就是你终于离那群不成材的门徒而去，也停止宣扬天父的教诲；你只是一介平民，和你母亲玛丽亚，还有我，我们三个一起生活，就这样度过平静的一生。我故乡的村子里还留有一间小房子，年迈的双亲就住在那儿，还有一片相当广阔的桃花园。春天时，就是现在这个时节，桃花正盛开呢。我们，就这样度过平静安乐的一生吧。我会一直陪在你身旁，当你的家仆，帮你找一位温柔体贴的太太。我把这想法说给那个人听，他却只轻笑了一声，然后低声地自言自语："彼得和西门是渔夫，没有美丽的桃花园。雅各布和约翰也都只是赤贫的渔夫。这些人都没有能够安度余生的土地啊。"那个人说完之后便沉默不语，继续在海边散他的步。这是我和他唯一一次心平气和地谈话，那次之后，他再也不对我敞开心胸。我爱着那个人，如果他死了，我也会一起死。他不属于任何人，他只属于我啊。若真得把他交到其他人手上，那我会先杀了他。我抛下父母、舍弃故乡，跟随他至今啊。其实我不相信天国，不相信有神，也不相信那个人真的会复活。为什么那样的人可以当上以色列的王呢？他那群愚蠢的门徒都相信他就是神之子，而且每次听他讲授天国的福音时，也都装模作样，表现出一副欢欣雀跃的样子。他们现在一定感到很失望，我能理解。"凡自高的，必降为卑；自卑的，必升为高"[1]——那个人就是这么说的，但这世上哪有这么单纯的道理？那个人说谎。他说的每一字、每一句，从头到尾都是鬼扯。我完全不信。但我相信那个人的美。啊啊，那个人是如此美好，世上绝无仅有啊。我纯粹爱着那个人的美，仅此而已。我从不在乎什么回报。我会跟随他的脚步，并不是盘算着哪天天国近了，就能捞个左大臣或右大臣的官职来做。我从未有过这种卑劣的想法。我只是、只是不想离开那个人，只是、只是想陪在那个人的身边，能听到他的声音、遥望他的身影就够了。可以的话，希望他不用再宣教，只和我在一起，度过一生。啊啊啊，如果真是这样，我会多么幸福啊！

---

1 《新约·马太福音》23：12。

现在的我，就只相信此刻存在于现世的喜悦，来生的审判什么的，我一点都不害怕。为什么那个人就是不愿接受我如此不求回报、纯粹的爱呢？啊啊，庭上，请杀了那个人吧。我知道那个人在哪，请让我为您带路。那个人总是轻视我、憎恶我，我一直被他讨厌。我可是为了他、为了那帮门徒每日的酒足饭饱而奔波劳碌啊，到底为什么总是这么坏心对待我、轻蔑我呢？庭上，请听我说。这是六天前才发生的事。[1] 那个人到伯大尼的西门家中用餐时，村子里有个叫马大的家伙，她妹妹马利亚抱着一个盛满哪哒香膏的石膏壶，偷偷跑进我们举行飨宴的餐室之中，接着，突然把香膏往那个人头上浇下去。他从头到脚都淋湿了。她非但不道歉，还若无其事蹲下，用自己的头发仔细擦拭那个人的双脚，香膏的香气也弥漫了整间餐室。这是何等诡异的光景！

1　以下叙述典出《新约·马太福音》26：6-13："耶稣在伯大尼长大麻疯的西门家里，有一个女人拿着一玉瓶极贵的香膏来，趁耶稣坐席的时候，浇在他的头上。门徒看见就很不喜悦，说：'何用这样的枉费呢？这香膏可以卖许多钱周济穷人。'耶稣看出他们的意思，就说：'为什么难为这女人呢？她在我身上做的是一件美事。因为常有穷人和你们同在，只是你们不常有我。她将这香膏浇在我身上，是为我安葬做的。我实在告诉你们：普天之下，无论在什么地方传这福音，也要述说这女人所行的，作个纪念。'"

我冒起一股无名火，大声斥责她："不可以做这么无礼的事！衣裳全被你给弄湿了！你打翻这个高贵的油膏，不觉得很浪费吗？到底在搞什么啊，你这家伙？这油膏都可以换三百得拿利[1]了。把这油膏卖得的三百得拿利拿去救济穷人，那些穷人不知道会有多高兴。你如此浪费，让我很困扰呐。"我唠唠叨叨训了她一顿，那个人却一直盯着我看，说："不许责骂这位女子，因为她做了一件非常高尚的事。你们以后还有很多很多机会可以拿金钱赈济贫穷人家，但我已经无法再施舍了，理由我暂不说明，只有这位女子知道。她将香膏淋在我的身上，是在为我的葬礼作准备。接下来我所说的话，你们要谨记在心：无论你们在这世上的哪个地方宣扬我这短暂一生的事迹，都务必讲述今日这位女子的所作所为，以兹纪念。"那个人说完之后，苍白的脸颊泛起一丝羞红。我不相信他这番话，我认为这只是他虚张声势的演技而已。然而，尽管我大可把他的话当耳边风，但那个人当时的声音、眼神，却让我感到一

---

[1] 古罗马币制。一得拿利为当时工人一天的工钱，三百得拿利即是三百天的工钱，也就是《新约·约翰福音》12：5 中的"三十两银子"。此处特依太宰治原文直译。

种前所未有的异状。我突然充满了疑惑，于是又重新凝视那个人幽红的脸颊、湿润的眼眶，然后，忽然灵光一闪。啊啊，真是讨厌，光是把这想法说出口都令我心有不甘。那个人，该不会是恋上那个庶民女子了……不，怎么可能呢，绝对不可能的。但是，不管怎么说，他应该对她怀有类似的情感吧？那个人也有这种情感啊。要是他真的对那种愚蠢无知的女子抱持特殊的爱意，那、那多么失态啊！那可是件完全无法掩饰的大丑闻啊！关于嗅出别人的耻辱这档事，我相当有天分，我自己也觉得这是种很下流的嗅觉，很讨厌自己有这种天分，但因为这敏锐的才能，我只要稍微瞄一眼，就能精准地看出别人的弱点。就算只有千万分之一，但他确实对那个没知识没学问的庶民女子动了特别的情感，这点是不会错的。我的眼睛不可能会看错，确实如此。啊啊，我已经受不了了，再也无法忍耐了，连这种事都做得出来，他没救了，简直是丑恶至极。以往那个人不管受到女子多大的喜爱，始终都心如止水，丝毫不会动心。他年纪渐长，脑筋也不行了，不知检点。如果说那个人是因为年轻而无法自制，或许还说得过去，但他和我同年，而且比我早出生两个月，所以不能说他年轻。反观我呢？我却能自制。我一心奉献于他，至今从来没有对任何女子动心过。马利亚的姐姐马大壮得跟牛一样，生性暴躁，做事也粗手粗脚，除了勤快以外一无是处。但她妹妹马利亚就不同了，身形纤细，皮肤白得仿佛可以被看穿似的，手脚柔美又小巧，还有一双像湖水般澄澈的明亮大眼，总是迷蒙地望着远方，仿佛她身处梦境之中。村民们都觉得她是难得一见气质高尚的姑娘，就连我也是这么想的，还想哪天出村时，偷偷买条白丝绢送她呢。唉呀，我已经搞不清楚了，我到底在说些什么啊。对了，是因为我不甘心，不知为何，就是觉得不甘心，气得想要跺脚。那个人算年轻的话，那我也是啊！我有才干，有房子，又有田地，算得上是个青年才俊，尽管如此，我还是为那个人舍弃了全部的特权，一心一意地追随他。我却被他骗了，那个人始终在说谎。庭上，那个人抢走了我的女人——不，不对，应该说是那个女人从我身边抢走了他！唉呀，这么说也不对。天啊，我讲得七零八落的。庭上，十分抱歉，我忍不住说了毫无根据的话。请别相信我的话，一句也别相信。我已经搞不清楚了。其实根本没有这么肤浅的事，我却不小心说出这么丑陋的话。但是，不知为何，我还是不甘心，不甘心到想挖开自己的胸膛。啊啊，所谓的 jealousy[1]，真是种难以抑制的恶德啊。我如此爱慕那个人，连性命都可以舍弃，一路跟随他至今，他却从未对我说过一句温柔的话，反倒因为低贱民女的所作所为而羞红了脸，拼命为她辩护。啊啊，果然，是那个人不知检点，衰老到脑子都坏了。我已经不再对他有所期待，他只是个凡夫俗子，死不足惜。我一思及此，便马上兴起一个恐怖的念头。或许我是被恶魔给魅惑了吧。从那时开始，我就想亲手杀死那个人，如果我不杀他，他也一定会被别人给杀死。反正那个人也常常散发出自己会被杀的气息，那就用我这双手来杀死他吧，因为我不希望他死在别人手里啊。杀了他之后我也会死。庭上，我哭成这样真是可耻。是的，我不哭了。是，是，我会冷静继续说下去。就在发生那件事的隔天，我

1　意为嫉妒。此处按太宰治原文ジェラシイ（jealousy 的日文片假名）的写法，特不译为中文。

们终于朝崇高的耶路撒冷出发了。大批群众，不论老少，都跟随着那人的脚步。接近耶路撒冷的王宫时，那个人见到路边有一匹老迈的驴马，便微笑着骑上它。门徒们看到了，都深感光荣，激动地说："这和预言所说的'锡安之女哪，不要惧怕！你的王骑着驴驹来了'[1]一模一样啊！"唯有我一人闷闷不乐。那是多么哀凄的姿态啊！我们期待已久的逾越节[2]，他却骑着一头驴子进耶路撒冷城，这是大卫之子[3]该有的模样吗？骑着这匹垂垂老矣的驴马毫无生气地踏进王宫，就是那个人毕生所愿的英姿吗？除了怜悯，我已经没有其他情感了，仿佛看了一出愚蠢又惨不忍睹的闹剧，心想，啊啊，那个人也堕落至此。他多活一日，肤浅丑态就在这世上

1　和合本《新约·约翰福音》12：14-15："耶稣得了一个驴驹，就骑上，如经上所记的说：'锡安的民哪，不要惧怕！你的王骑着驴驹来了。'"在《圣经》原文与太宰治原作中，"锡安的民"皆写为"锡安之女"，故文中按原典译出。文中的"预言"乃指《旧约·撒迦利亚书》9：9 的内容："锡安的民哪，应当大大喜乐！耶路撒冷的民哪，应当欢呼！看哪，你的王来到你这里。他是公义的，并且施行拯救，谦谦和和地骑着驴，就是骑着驴的驹子。"

2　纪念犹太民族获得拯救，脱离埃及而不再为奴的节日。

3　据《圣经》所载，耶稣是大卫（以色列第二任国王）的后裔，常被称为"大卫之子"。此头衔除了表现耶稣贵为皇族的身份，亦指耶稣和大卫最具智能的后代所罗门有许多相近之处。

多暴露一日。有花堪折直须折啊。不管我多么惹人讨厌，这世上最爱那个人的就是我，因此我作了这个艰难的决定，就算只是早一天也好，我一定要尽快杀掉那个人。后来跟随他的群众越聚越多，人数增加了好几倍，[1] 他们将身上红蓝黄等色彩的衣服都丢到那个人行经的道路，或是砍下棕榈树的枝叶，铺在他行走的道路上，欢欣鼓舞地迎接他。他们有的走在前面，有的跟在后头、左边、右边，四面八方簇拥着那个人和驴马，人潮如大浪般摇晃，狂热地唱着："和散那归于大卫的子孙！奉主名来的是应当称颂的！高高在上和散那！"不管是彼得、约翰、巴多罗买，还是其他愚蠢的门徒，那群白痴仿佛觉得自己跟随着一位凯旋的将军，或是突然发现天国近在眼前一样，于是欢天喜地拥抱着彼此，泛着眼泪亲吻着对方，就连一向冷静的彼得，被约翰拥抱时也喜极而泣、放声大哭，简直快崩溃了。我见到这光景，也不禁想起和这些门徒为了宣教一起

1　以下叙述典出《新约·马太福音》21：8-9："众人多半把衣服铺在路上，还有人砍下树枝来铺在路上。前行后随的众人喊着说：'和散那归于大卫的子孙！奉主名来的是应当称颂的！高高在上和散那！'""和散那"原有求救之意，在此乃称颂的话。

渡过的许多难关，想起那些含辛茹苦的日子，不禁也眼眶发热。后来那个人进了王宫，下了驴马，竟然拿起绳索挥舞鞭打，挥倒在宫殿内兑换银钱的商人和卖鸽人的桌椅，又用那条绳索鞭打正要出售的牛羊，把它们全部赶出宫殿。真不知他在想什么。接着，他用高昂尖锐的声音对宫殿内的商人怒吼："你们全给我出去！不许将我父亲的宫殿当成你们做买卖的地方！"[1]那个人一向温文儒雅，竟然会做出如同醉汉一般粗暴又令人不解的举动，除了发疯之外，我想不出其他可能。他身旁的人也都吓了一跳，问他这是为什么，那个人气喘吁吁地说："你们拆毁这殿，我三日内要再建立起来。"[2]这种信口开河的大话，连那帮愚蠢的门徒都难以相信，个个瞠目结舌、无言以对。只有我知道。不管怎么说，

1　典出《新约·马太福音》21：12-13："耶稣进了神的殿，赶出殿里一切做买卖的人，推倒兑换银钱之人的桌子和卖鸽子之人的凳子，对他们说：'经上记着说，我的殿必称为祷告的殿。你们倒使它成为贼窝了！'"《新约·约翰福音》2：13-16亦写道："犹太人的逾越节近了，耶稣就上耶路撒冷去。看见殿里有卖牛、羊、鸽子的，并有兑换银钱的人坐在那里，耶稣就拿绳子做成鞭子，把牛羊都赶出殿去，倒出兑换银钱之人的银钱，推翻他们的桌子，又对卖鸽子的说：'把这些东西拿去，不要将我父的殿当作买卖的地方！'"《圣经》称此举为洁净圣殿。

2　《新约·约翰福音》2：19。

这就是那个人爱逞强的幼稚性格，他只是想要向世人展现凭借着他的信仰，万事都能达成的气概而已。不过话说回来，挥舞着绳鞭追赶手无寸铁的商人，嗯，这应该只能算是小家子气的逞强吧。难道你竭尽所能地反抗，却只能踢倒卖鸽人的桌椅而已吗？我都忍不住想一边偷笑一边问他了。这个人果然没救了，他自甘堕落，都忘了要自重自爱。大概是因为，他突然察觉到只凭一己之力，是什么事也做不了的，所以才在尚未露出太多破绽之前，故意做此举动，好让祭司长有理由逮捕他，想就此告别这个世界吧。当我想到这件事，我就觉得自己可以完全放下那个人，可以轻易嘲笑一直以来全心全意爱着这位做作大少爷的愚蠢自己了。接着，那个人又对聚集在宫殿前的大群民众高声说了一长串目前为止最过分、最傲慢无礼的暴言。没错，他无疑是在作践自己。我光是看着他的身影都嫌肮脏。他已经迫不及待要被杀了。"你们这假冒为善的文士和法利赛人有祸了！因为你们洗净杯盘的外面，里面却盛满了勒索和放荡。[1]……你们这假冒为善的文士和法利赛人

---

[1] 《新约·马太福音》23：25。

有祸了！因为你们好像粉饰的坟墓，外面好看，里面却装满了死人的骨头和一切的污秽。你们也是如此，在人前，外面显出公义来，里面却装满了假善和不法的事。[1]……你们这些蛇类，毒蛇之种啊，怎能逃脱地狱的刑罚呢？[2]……耶路撒冷啊，耶路撒冷啊，你常杀害先知，又用石头打死那奉差遣到你这里来的人。我多次愿意聚集你的儿女，好像母鸡把小鸡聚集在翅膀底下，只是你们不愿意。[3]"

天啊，他在说什么蠢话？！我都快笑到喷饭了。就连现在要把这些话再说一遍，都令我觉得厌恶。真是个会说大话的家伙啊，那个人果然是发疯了。还口无遮拦地说了一堆毫无根据、未经大脑的狂言，什么这世上将会有饥荒、地震，星星从天空坠落、月亮不再光亮，满地遍布死人的骨骸，还招来一堆啃食骨骸的兀鹰，众人到时候都将咬牙切齿地哀泣云云，[4] 自以为是到令人难以置信。白痴，根本不

---

1 《新约·马太福音》23：27-28。

2 《新约·马太福音》23：33。

3 《新约·马太福音》23：37。

4 典出《新约·马太福音》24：28-30："尸首在哪里，鹰也必聚在哪里。那些日子的灾难一过去，日头就变黑了，月亮也不放光，众星要从天上坠落，天势都要震动。那时，人子的兆头要显在天上，地上的万族都要哀哭。"

知自己有几两重。他已经罪无可赦了，一定会被钉上十字架，一定会。

昨天，我从村里的小贩那里听说，祭司长和村里的长老们偷偷聚集在大祭司该亚法[1]宅邸的中庭，决议要处死那个人。我还听到他们说，如果在大批民众面前逮捕那个人，可能会引起暴动，所以如果有人可以将那个人和门徒所在之处告诉差役，就可以得到银钱三十两。已经没有时间犹豫了，反正那个人无论如何都是要死的，与其让其他人把他交给那些低贱的差役，不如我亲自来做这件事。我对他的全心奉献就到今天为止，并以此作为最后的告别，这是我应尽的义务。我要出卖他。我的立场相当艰难。有谁能够理解我如此痴心的行径呢？没关系，就算没有人能理解也无所谓。我的爱是纯粹的，不是为了让人理解的，不是肤浅又低俗的。我将永远被世人憎恶吧。尽管如此，在我渴求这纯粹之爱的贪欲面前，不论是多重的刑罚、多严酷的地狱业火，都不是问题。我会贯彻我的生存之道，我全身颤抖

---

1 据《圣经》所载，该亚法是罗马人指派的犹太大祭司，曾条列耶稣多项罪行，向参议院递交处决耶稣的申辩书。

地作了这个决定。我暗中寻找合适的时机，终于决定在逾越节当天行动。我们兄弟十三人在山丘上的古老餐厅二楼一间阴暗的房间举行宴会，当众人一一就座，即将开始逾越节的晚餐时，那个人突然站起身来，默默脱去了上衣。我们都不知道他到底要做什么，全都一脸疑惑地盯着他瞧，接着那个人拿起桌上的水瓮，将里头的水倒进房间角落一个小小的脸盆，再拿出纯白的手巾绑在自己的腰上，用脸盆里的水一一帮门徒们洗脚。[1]门徒们不明就里，慌乱得不知所措，面面相觑。但我隐约能猜出那个人的想法。肯定是因为他很寂寞，极度没有自信，所以连这群顽冥不灵又愚蠢的门徒也想巴结。真可怜啊。那个人已经知道自己在劫难逃了。看到这一幕时，我突然喉头哽咽，想要马上抱住那个人，跟他一起放声大哭。噢，真是可怜，我怎能让你背罪！

1　典出《新约·约翰福音》13：1-5："逾越节以前，耶稣知道自己离世归父的时候到了。他既然爱世间属自己的人，就爱他们到底。吃晚饭的时候，魔鬼已将卖耶稣的意思放在西门的儿子加略人犹大心里。耶稣知道父将万有交在他手里，且知道自己是从神出来的，又要归到神那里去，就离席站起来，脱了衣服，拿一条手巾束腰。随后把水倒在盆里，就洗门徒的脚，并用自己所束的手巾擦干。"

你一直都这么温柔，你一直都如此正直，你一向都是站在贫者这一边的，所以你的美如光闪耀。我知道，你绝对是神的儿子。请原谅我，在我打算出卖你之后，这两三天里我一直在寻找机会，但现在我想放弃了，我怎么会有想要出卖你这种无法无天的念头呢？请您安心，现在即使有五百差役、千人兵马到来，我也不会让他们碰您一根手指头。你现在已经被盯上了，危险！马上就从这里逃走吧！彼得、雅各布、约翰，你们来，大家都来啊，来保护我们温柔的主！一生随他而居！虽然没说出来，但这些发自内心的爱的话语在我胸中沸腾。我被一种至今从未有过的崇高灵感给打动，炙热的、愧疚的眼泪舒服地流过脸颊，然后，那个人也静静地、仔细地清洗着我的脚，再用他绑在腰间的那条手巾轻柔地擦拭，啊啊，就是那时候的触感，是的，就是那时候，我仿佛见到了天堂。在我之后他洗了腓力、安德烈的脚，接下来就换彼得了。但正直到近乎蠢笨的彼得，无法隐忍心中的疑惑，便有些不满地质问那个人："主啊，您为何要洗我们的脚呢？"那个人用平稳的语气回答："啊啊，我所做的，你如今不明白，之后便会懂得。"说完便蹲在彼得的脚边，准备替他洗脚，但彼得仍顽固地拒绝，说不必了，不能让你洗我的脚，你永远不能洗我的脚。那个人似乎也动了怒，稍微大声了点说："我若不洗你的脚，你与我就再也没有任何瓜葛。"他说得如此强硬，彼得惊慌不已，便俯身低头好声请求："啊啊，对不起！既然如此，不只是我的脚，就连我的手和我的头也请您清洗吧！"[1] 我忍俊不禁，其他的门徒也偷偷露出微笑，阴暗的房间似乎变得明亮了一些。那个人也稍微露出了点笑容。"彼得啊，即使只洗了脚，你的全身也都会洁净。啊啊，不只是你，雅各布也是，约翰也是，大家都不再肮脏，变得十分洁净了。只是……"他话说到一半，伸直了腰，那一瞬间他的眼神仿佛承受着极大的痛苦，是相当悲伤的眼神。他马上又僵硬地闭上眼睛，说："如

1　典出《新约·约翰福音》13: 6-9: "挨到西门彼得，彼得对他说：'主啊，你洗我的脚吗？'耶稣回答说：'我所做的，你如今不知道，后来必明白。'彼得说：'你永不可洗我的脚！'耶稣说：'我若不洗你，你就与我无分了。'西门彼得说：'主啊，不但我的脚，连手和头也要洗！'"

果你们每个人都是洁净的就好了。"[1] 我突然想到了什么。可恶，被他耍了！他在说我！那个人看穿了片刻以前我打算出卖他的阴暗心思。但那是因为，那时的我和现在的我不一样啊！我已经完完全全、彻头彻尾地不同了！我也变得洁净了，因为我的心意已经改变了。啊啊，但那个人还不知道这件事。他还不知道。"不对！不是这样的！"我亟欲辩解，但我软弱的自卑心却令我紧张地吞了吞口水，于是就把那声嘶吼也一起吞了回去。我说不出口，什么也说不出口。经他这么一说，我擅自思虑，干脆就心虚承认自己果然是不洁的吧。我抬起头看着他，看着看着，心中原本卑微的自省心，渐渐膨胀成丑陋、黑暗，驱使着我的五脏六腑，燃起熊熊的怒火，差点要喷口而出。是啊，已经没有用了，我已经没用了，那个人打心底厌恶着我。出卖他吧，出卖他吧，杀了那个人，然后我也会死。之前的决心又再次浮现在我眼前，现在的我，已经完全变成了一个复仇的恶魔。那个人似乎没有看出我心中反复辗转

---

1 典出《新约·约翰福音》13: 10-11: "耶稣说: '凡洗过澡的人，只要把脚一洗，全身就干净了。你们是干净的，然而不都是干净的。'耶稣原知道要卖他的是谁，所以说'你们不都是干净的'。"

变化的波涛汹涌。他穿起上衣，整理仪容，缓缓地坐回座位，脸上苍白没有血色，满脸忧容地说："你们知道我为何要洗你们的脚吗？你们称我为主、称我为师，这些是正确的。我是你们的主，也是你们的老师，即便如此，我还是洗了你们的脚，所以你们也该相亲相爱，为彼此洗脚。或许我无法永远与你们同在，所以今天趁这个机会示范给你们看，你们要照我所示范的那样去做。师必尊于弟子，所以你们要牢记我的话。"[1] 语毕，那个人便静默地开始用餐，却又忽然把脸伏在桌上，用感叹呻吟的痛苦声音说："你们之中有人会出卖我。"门徒们全都吓了一跳，挺直了上身，慌慌张张地站起来，围到那个人的身边，七嘴八舌地问："主啊，是我吗？主啊，你说的那人是我吗？"众人骚动。那个人面如槁木，轻轻地摇了摇头，答道："现在，我会拿起一块面包给那个人。那个人实在是个不幸的男人

---

[1] 典出《新约·约翰福音》13：12-17："耶稣洗完了他们的脚，就穿上衣服，又坐下，对他们说：'我向你们所做的，你们明白吗？你们称呼我夫子，称呼我主，你们说得不错，我本来是。我是你们的主、你们的夫子，尚且洗你们的脚，你们也当彼此洗脚。我给你们做了榜样，叫你们照着我向你们所做的去做。我实实在在地告诉你们：仆人不能大于主人，差人也不能大于差他的人。你们既知道这事，若是去行就有福了。'"

啊，没被生下来的话还比较好，真的。"他的语气意外地坚定，说完以后，就拿起一块面包，伸长了手，将面包冷不防地塞进我的嘴里。[1] 然而如今的我已充满了勇气。比起面包塞进口中的羞耻，我有着更多的憎恨，我恨他事到如今还抱有如此恶意。像这样在门徒们面前公然羞辱我，是他一贯的手法。我和那家伙之间的宿命就像火与水一样，永远无法兼容。像喂小狗小猫一样，把一口面包屑塞到我口里，难道那家伙就只能这么发泄吗？哈哈，真是白痴。庭上，那家伙对我说："你所做的，快做吧！"[2] 我就马上跑出餐厅，在傍晚时分昏暗的道路上疯狂奔跑，[3] 刚刚抵达这里，便立刻提出申诉。那么，庭上，请处罚那个人吧！怎么样都行，请惩罚他。

1　典出《新约·约翰福音》13：21-26 "耶稣说了这话，心里忧愁，就明说：'我实实在在地告诉你们：你们中间有一个人要卖我了。'门徒彼此对看，猜不透所说的是谁。有一个门徒，是耶稣所爱的，侧身挨近耶稣的怀里。西门彼得点头对他说：'你告诉我们主是指着谁说的。'那门徒便就势靠着耶稣的胸膛，问他说：'主啊，是谁呢？'耶稣回答说：'我蘸一点饼给谁，就是谁。耶稣就蘸了一点饼，递给加略人西门的儿子犹大。"

2　典出《新约·约翰福音》13：27："他吃了以后，撒旦就入了他的心。耶稣便对他说：'你所做的，快做吧！'"

3　典出《新约·约翰福音》13：30："犹大受了那点饼，立刻就出去。那时候是夜间了。"

最好是让他全身赤裸，再拿棍棒把他活活打死。我
已经、已经无法再忍受了！他真的是个很讨人厌的
家伙！是个很过分的人啊！一直以来都欺负着我！
哈哈哈哈，可恶。那个人此刻正在汲沦溪对岸的客
西马尼园。[1] 二楼的餐会应该已经结束了，他会和
门徒们一起去客西马尼园，此刻正是将他当作祭品
献给上天的时机。除了门徒以外没有别人会在，所
以毫不费力就能逮捕那个人。啊啊，小鸟在啼叫了。
真吵。为何今晚老是听见小鸟夜啼的声音呢？我在
赶到这里的途中穿过了森林，那儿也是如此，小鸟
也是这样叽叽喳喳叫个不停。小鸟在夜间啼叫是相
当罕见的事，所以我像个孩子一样非常好奇，想看
看那到底是哪一种鸟。我站在那儿，抬起头，在树
林间的枝梢看见了……啊啊，我在说些什么无聊事
呢。庭上，非常抱歉。庭上，都准备好了吗？啊啊，
真令人期待。心情真好。对我来说，今晚也是最后

---

[1] 典出《新约·约翰福音》18：1-2："耶稣说了这话，就同门徒出去，过
了汲沦溪。在那里有一个园子，他和门徒进去了。卖耶稣的犹大也知道
那地方，因为耶稣和门徒屡次上那里去聚集。"汲沦溪是耶路撒冷城外的
一条小河，在耶路撒冷与橄榄山之间；而客西马尼园位于橄榄山的山脚，
是耶稣与门徒经常聚会、祷告的果园。耶稣和门徒用完最后的晚餐后，
来到此地祷告，随后即被犹大出卖。

一晚了。庭上，庭上，今晚我将与那人并肩而立，那场面请您好好看个仔细。今晚我会踏实地与那个人并肩而立，因为我已经不惧怕他，也不觉得比他卑微了，因为我跟那个人同年，我们一样有年轻的优势。啊啊，小鸟的叫声真吵，听在耳朵里真是烦死了。为什么小鸟如此躁动不安呢？叽叽喳喳的，在吵什么呢？咦，那笔钱是……是要给我的吗？是要给我的三十两银子[1]吗？原来如此，哈哈哈哈，不，请恕我拒绝。趁我还没被打之前，您将钱拿回去吧。我不是为了钱才提出申诉的。叫你拿回去！好吧，十分抱歉，那我就收下了。是啊，因为我本来就是个商人嘛，我是看在钱的份上，才来控诉高尚优美的人长期对我的轻蔑。那么我就收下了，反正我是个商人，理当用被他看轻的金钱进行复仇。这是最适合我的复仇手段了。您瞧瞧，才三十两银子，就能出卖那个人！我不会掉一滴眼泪，因为我不爱那个人，从一开始就完全没爱过。是的，庭上，我说

---

1 《新约·马太福音》26：14-15 提及犹大去见祭司长，并以三十块钱作为出卖耶稣的获利，27：3 则提到犹大见耶稣被定罪而感到后悔，于是将那三十块钱还给祭司长和长老。然而在太宰治原作里，这"三十块钱"被写作"三十两银子"，故特依原作译出。

了一大堆谎。我是因为钱才跟随那个人的，喔喔，没错，就是这样。因为他一直挡我财路嘛。今晚，我终于看清事实了，所以这只不过是身为商人的我迅捷的反击。钱，世上只有钱重要。银子三十两，太棒了！我就收下了。因为我是个吝啬的商人，这点钱我想要得不得了。是的，非常感谢您。是的，是的，谢谢您聆听我的申诉。我是个商人，叫犹大，嘿嘿，我是加略人犹大。

跑吧，美洛斯

美洛斯被激怒了。他下定决心，非把这个邪佞暴虐的王除掉不可。美洛斯不关心政事，只是村子里的一位牧人，每日吹笛牧羊。但他对于邪恶之事，有比常人多一倍的敏感。今早天色未明，美洛斯就已经从村子出发，横越平野，跨过山巅，来到十里之外的这个锡拉库斯[1]市。他没有双亲，也没有娶妻，只与一位今年十六岁、相当害羞怕生的妹妹相依为命。妹妹已经和村里一位正直老实的牧人订下婚约，也即将举行婚礼。美洛斯就是为了准备妹妹的嫁衣和婚宴食材等琐事，才不远千里来到市里。他先把所需物品都采买齐全，然后在城市的大街上闲晃。美洛斯有位竹马之友，名叫赛里努提斯，是这锡拉库斯市里的一名石匠。美洛斯打算接下来去拜访这名好友。与好友许久不见的美洛斯十分期待这次会面。他走着走着，觉得街道的气氛有些诡异。静悄悄的。虽然已经日落了，街道变得昏暗也是理所当

然，但他总觉得整座城市一片死寂，似乎不只是夜晚来临的缘故。两年前美洛斯来到此地，夜里仍处处灯火通明、热闹喧嚣啊。即使是一向稳重的美洛斯，此时也感到隐隐不安。美洛斯抓住路上一位年轻人，问他发生了什么事，对方摇头不答。再走了一会儿，美洛斯遇见一位老翁。这回他用更强硬的语气质问这位老翁，但老翁也不回答，还是美洛斯抓着老翁的身体摇晃、反复质问他，老翁才终于低声回答了几句，仿佛害怕旁人听见似的。

"国王，杀了人。"

"他为什么杀人？"

"听说是因为那些人对国王抱有二心，但其实谁也没有那么想啊。"

"杀了很多人吗？"

"是的，一开始是国王的妹婿，接着是国王亲生的世子，再来是国王的妹妹，然后是国王妹妹的儿子，再来是皇后，最后连贤臣阿雷基斯大人也被杀了。"

"太惊人了。国王是丧心病狂了吗？"

"不，国王并不是丧心病狂，而是无法信任别人。最近他开始怀疑臣下之心，只要有哪位臣子稍微过得奢侈一点，国王便命他——交出家宅里的人当人质。如果反抗命令，国王就把那人钉在十字架上杀死。今天已经有六个人被杀了。"

美洛斯听毕非常愤怒，说："真是个不可理喻的王。不能再让他活下去！"

美洛斯是个十分单纯的男子。他就这样背着买好的物品，缓缓地潜近城堡，但很快就被巡逻的侍卫给逮到。美洛斯藏在怀里的短剑被搜了出来，引起一阵大骚动。美洛斯被押到国王面前。

"你带着这把短剑有何居心？说！"暴君迪奥尼斯用平静但威严的语气质问美洛斯。他的脸色苍白，皱纹深深刻进眉间。

"为了将这座城市从暴君的手中解救出来。"美洛斯面无惧色地答道。

"就凭你？"国王冷笑道，"真是无可救药的家伙。你是不能理解本王的孤独的。"

"够了！"美洛斯愤然起身，"怀疑人心是最为耻辱的恶德！难道国王是靠着怀疑人民的忠诚来统治的吗？"

"疑心是正当的心理，教导本王这个道理的，就是你们这些人民。人心充满谬误，而人，就只是私欲的集合体罢了，毫不可信。"暴君一字一句沉稳地说着，再叹了口气，"本王也是盼望着和平的啊。"

"你盼望的是怎样的和平？能够维护自己地位的和平吗？"这次换美洛斯发出嘲笑，"滥杀无辜，这算什么和平！"

"闭嘴，贱民！"国王倏地抬头大喊，"人的嘴巴啊，多么冠冕堂皇的话都说得出来。对本王而言，人心本就深不可测。就拿你来说吧，要是待会儿对你施以凌迟之刑，想必你也会哭着向本王道歉的。"

"啊啊，国王真是贤明。就当是我太自恋吧，我已经有赴死的觉悟了，绝不会乞求你留我性命。只是……"美洛斯的视线落至脚边，踌躇支吾了起来，"只是，若你还想卖我恩情，请在处刑前给我三天的宽限日。我想亲手将唯一的妹妹交给妹婿。三日之内，我将回到村里举行婚礼，结束之后必定会返回这里。"

"愚蠢。"暴君用干瘪的嗓音低声笑着，"别说这种离谱的谎话。逃走的小鸟怎么可能再飞回来呢？"

"正好相反。我一定会回来的。"美洛斯坚决地断言，"我必会遵守约定，请给我这三天的期限，因为妹妹还在等着我回家。如果您真的如此不信任我，那好，本市有位名叫赛里努提斯的石匠，他是我最要好的朋友，就将他作为人质吧。如果我逃走了，在三天后的日落之前没有回到这里，就请绞杀我的挚友吧。拜托您，请答应我的请求。"

抱有残虐之心的国王听完这番话后阴阴窃笑。他说的话还真是天真啊！反正他是一定不会回来的，我就假装被他的谎言欺骗好了，放走他还挺有趣的，等到三天后再杀掉那个代罪羔羊也算过瘾。到时我就装出一副悲伤的表情说，所以嘛，人是不能相信的，再将那名男子处以磔刑，顺便让世间那些自称正直的家伙瞧瞧。

迪奥尼斯说："你的愿望我知道了，那就召唤那名作为人质的男子吧。你必定要在三天后的日落之前回到这里，若是稍有延迟，我绝对会杀了那个人质。你就晚一点来吧！反正我会永远宽恕你的罪。"

"您、您说什么？"

"是啊，若你认为生命可贵，那就晚一点到吧。我能体谅你的心啊。"

美洛斯不发一语，气得直跺脚。他已经气得不想再说话了。

当日深夜，美洛斯的竹马之友赛里努提斯便被召进王城。在暴君迪奥尼斯的面前，阔别两年的两人重逢了。美洛斯将事情的来龙去脉告诉好友，赛里努提斯没说一句话，点点头后便抱住美洛斯。朋友之情无以言表。赛里努提斯全身被绳索绑住，美洛斯立刻出发了。初夏的夜空星光满天。

这晚，美洛斯未曾合眼，连赶十里路回到村子。到了早上，太阳已经高高升起，村民们都走到村外的草地开始劳作了，美洛斯那十六岁的妹妹也正替哥哥照顾着羊群。她见到疲惫不堪的哥哥踉跄走来时吓了一跳，拼命追问哥哥怎么回事。

"没什么。"美洛斯勉强挤出笑容，"我在市里还有点事要办，得尽快赶回去，所以明天就举行你的婚礼吧！早点办完也好。"

妹妹害羞得红了脸颊。

"我还帮你买了漂亮的衣服呢，高不高兴？走吧，我们这就去通知村子里的人，婚礼就是明天了。"

美洛斯又踏出蹒跚的步伐，先是回到家里布置供奉许多神祇的祭坛，再备好婚宴的酒席，然后便倒在床上，仿佛失去呼吸似的陷入深深的睡眠。

等到美洛斯醒来，已经是晚上了。他起身后马上前往妹婿的家里拜访，说明出于某些不得已的缘由，请求他们将婚礼提前到明天。即将成为美洛斯妹婿的牧人大吃一惊，急忙答道："那可不行，我们这边什么都还没准备好，请等到葡萄成熟的季节再举行。"美洛斯于是用更强硬的语气说："我没办法等了，明天一定要办！"但是这位妹婿牧人也相当顽固，说了半天就是不愿将婚礼提前。两人的争辩一直持续到天都亮了，妹婿的态度才总算软下来，最后终于被说服了。婚礼就在正午举行，新郎新娘对着神祇宣誓完毕的那一刻，天空突然布满乌云，滴滴答答落下雨滴，最后变成滂沱倾泻的大雨。

出席婚宴的村民们虽然心中都有些不祥之感，但还是重振精神，在美洛斯狭小的家中耐着闷热，拍手唱歌。沉浸在喜庆气氛中的美洛斯也露出满脸悦色，暂时忘却了与国王的约定。入夜后杯盘狼藉，宾客们也不在乎屋外的豪雨了。美洛斯心想，真希望就这样一辈子待在这里啊。虽然美洛斯的心愿是与这对新人一起生活下去，度过一生，但此时此刻，他的身体却不属于自己——并不完全属于。美洛斯痛定思痛，下定决心再出发。不过，他又觉得到明天日落之前，还有非常充裕的时间，他可以先睡一下，醒来后立刻动身。此时，外头的雨势也渐渐小了。

"真想永远待在这个家里，就这样优哉度日啊。"即便像美洛斯这般的男子，多少还是有些未熟的赤子之心。

美洛斯走到因为欢庆气氛而几近喝醉的妹妹身边，说：

"恭喜你了。抱歉，我太疲累，想先去睡了。我醒来后就会马上出发回到市里，因为还有很重要的事要办。今后就算哥哥不在了，你也不会感到寂寞，因为你还有这么一位温柔、善良的丈夫。你也知道，哥哥生平最讨厌的，就是怀疑别人和说谎这两件事，所以你和丈夫之间，不论是多小的秘密都不能有。我想对你说的就只有这些了。你哥哥也算是个伟大的男人，你要为此感到自豪。"

妹妹恍惚地点了点头。接着，美洛斯拍拍妹婿的肩膀，说：

"你说你家什么也没准备，其实我家也是，彼此彼此。在我家里，能称得上宝物的，就只有我这唯一的妹妹和羊群了，除此之外我一无所有，现在全都交给你。还有一件事，请你以身为美洛斯的弟弟为傲吧。"

妹婿害羞地搓着手。随后，美洛斯向参加婚宴的村民解释情由，便先离席了。他钻进羊舍，像死去般沉沉地睡着。

美洛斯再醒来时，已经是隔日早上，天都微微亮了。美洛斯从床上跳起来——南无三[1]！我睡过头了吗？不不不，还来得及，现在马上出发的话，

---

1 此处特按原文呈现。在日文中，"南无三"指"南无三宝"，原为皈依佛、法、僧之意，后引申为感到惊讶或挫败时使用的发语词，意近"天啊"、"糟了"或"完了"等用语。

还赶得及在和国王约定的期限前抵达。今天，就是今天，无论如何，都要让那个国王亲眼见证信守承诺的人是真实存在的，然后我就可以笑着登上碟台。美洛斯慢条斯理地换装，开始准备行囊，外头的雨势也似乎变小了些。美洛斯整理好行囊，接着便奋力挥动双臂，在雨中如箭矢般狂奔。

"今晚，我就会被杀。我是为了被杀而跑，为了解救身为人质的好友而跑，为了破除国王的邪恶奸佞而跑。我不能不跑。然后，我会被杀。永别了！故乡！请为我守住好不容易建立起来的名誉吧！"年轻的美洛斯很痛苦，途中数度停下脚步，就一边大喊"喝！喝！"鞭策自己，一边奔跑。他跑出村子，横过原野，穿过森林，在抵达邻村时雨也停了，太阳高高升起，天气慢慢变热了。美洛斯握着拳头拭去额头上的汗："来到这里就没问题了。我对故乡已不再有不舍之情，妹妹和妹婿一定会成为一对幸福的夫妇。已经没什么好让我挂心了，只要这样笔直地朝王宫前进就好。没必要这样急急忙忙，我就慢慢走吧。"美洛斯恢复沉稳的本性，慢慢地走着，还一面用优美的歌声轻声唱起自己喜欢的歌曲。他就这样悠悠地走了两三里路，在快要到达全程的一半时，却被突如其来的灾难困住了脚步。他望向眼前的河川。昨天的豪雨使得山上的水源地泛滥，浊流滔滔而下，猛然的水势冲破了桥，轰隆作响的急流翻搅着木叶、灰尘，冲过了桥墩。美洛斯呆立着，茫然地看着这一切。他来回眺望河面，竭尽全力大喊，但岸边的系舟全都被冲进浪里，更不见船夫的身影。激流渐增，往河岸上漫去，仿佛成了一片汪洋。美洛斯蹲在岸边，流下了男儿泪。他哀愁地举起双手向宙斯[1]祈求："神啊！请镇住这狂乱的急流！时间分秒流过，太阳高挂，现在已是正午时刻了。若我无法赶在日落之前抵达王宫，我的好友就会因我而死啊！"

滚滚浊流像在讪笑美洛斯的呼喊一般，变得更加湍急。狂浪吞噬、翻卷、掀起另一波狂浪，而时间正一分一秒地流逝。除了游过急流以外别无他法。美洛斯终于有了觉悟。"众神啊！请你们也看着吧！爱与诚信的伟大力量是不会输给湍急浊流

1　希腊神话中至高无上的神，可驱散滂沱的大雨，赐给大地明媚的阳光，亦可令天空风起云涌、雷劈电掣。

的，现在我就发挥这个力量给你们看看！"美洛斯扑通一声跳进急流之中，展开拼死的搏斗。狂浪仿佛百条大蛇拍打着他的身体，他将全身的力量集中在双手，拼命地划啊划啊，奋力划开要将他卷进漩涡的恶水。神见到如此鲁莽奋战的子民，也不禁垂怜。美洛斯虽然不断受巨浪冲击，但终究还是顺利抓住了对岸的树干。真是谢天谢地。美洛斯用力打了个冷战，抖动身体的模样简直就像匹马，接着又急忙赶路。不能浪费一分一秒，太阳已经西斜了。他喘着大气爬啊爬，好不容易爬上半山腰时，眼前忽然跃出一伙山贼。

"站住！"

"你们要做什么？我必须赶在日落前抵达王宫，放开我。"

"哼，才不放你！把你身上的东西全部交出来。"

"要命一条，别无其他了。就连我这条小命也是侥幸从国王手中拿来的。"

"那么，我们就取你的命。"

"看来你们是奉了国王的命令，在这儿埋伏等我出现的吧。"

　　山贼们二话不说，一齐举起棍棒挥舞。美洛斯嘿的一声弯下腰来，如飞鸟般往身旁的一人袭去，夺下山贼的棍棒。

　　"为了正义，冒犯了！"美洛斯说完便展开攻击，一瞬间击倒了三人，并趁其他山贼吓得不敢动弹之际，倏地跑下了山腰。美洛斯一口气跑下山，但实在是太过疲累，加上午后的阳光毒辣灼热，他数度感到晕眩。"这样下去不行！"美洛斯重振精神，又蹒跚地走了两三步，终于体力不支，忽地双脚一软跪到地上，累得站不起身了。他仰天悔泣："啊啊啊，游过浊溪，又努力击退三名山贼的韦驮天[1]，突破重重难关来到这里的美洛斯啊，真正的勇者美洛斯啊，如今却倒在这里动弹不得，真是丢脸。爱你的好友就是因为信任你，反而害得自己要丢了性命。你若是真的成了不守信用的人，就正中国王的下怀了。"美洛斯相当自责，也希望借此重新振作，但无奈全身瘫软，像条毛毛虫般迟迟无法

1　佛教中的护法神，善于行走。可用以形容脚程很快的人。

前进，只能倒卧在路旁的草地上。身体疲累的话，
精神也会跟着受到影响。"什么都不重要了。"这
与勇者形象相违的软弱想法啃噬着美洛斯的心志，
"我都已经这么努力了。神啊，我丝毫没有违背约
定的打算，我十分努力，只是一路走来，已经精疲
力竭了。我不是个不守信用的人，唉，可以的话，
我愿意剖开胸膛，把鲜红的心脏，这颗倚恃爱与诚
信的血液而鼓动的心脏，掏出来给您过目。如此重
要的时刻，我却再也使不出半点力气。我真是一个
不幸的男子啊！我一定会被嘲笑的，我的家族也会
受到连累而被嘲笑。我欺骗了朋友，在中途倒下跟
一开始就不跑根本是同一回事。唉，怎样都无所谓
了，也许这就是我注定的命运吧。赛里努提斯啊，
请你原谅我。你总是信任我，我也从未欺骗你，我
们真的是很好的朋友。我们彼此的心从未被疑惑的
暗云蒙蔽，即使是现在，我想你也是全心地信任我、
在等着我的吧。啊啊，你一定在等着我吧。谢谢你，
赛里努提斯，谢谢你总是这么信任我。每次思及此
事，我总是情不自禁。朋友之间的信任，应该是这
世上最值得夸耀的宝物吧。赛里努提斯，我真的跑

了。我越过了滚滚浊溪，即使受到山贼的包围，我仍努力突破困境，一口气翻过山腰。只有我才办得到。啊啊，请不要再对我有所期待，不要再管我了，怎样都无所谓了。我输了，我自甘堕落，你们就笑我吧。国王曾在我耳边说可以迟一些来，他向我约定，我若迟到，人质就会被杀，我则会得到原谅。我虽憎恨国王如此卑劣的做法，但现在的情况就如国王所言，我一定会迟到。国王会用他自以为是的想法误解我的行为，嘲笑我，然后再赦免我。假若真是这样，简直比让我死还要痛苦，我将永远是个背叛者，成为这世上最不名誉的人。赛里努提斯啊，我也会赴死，让我和你一同死去吧，因为只有你信任我。不，该不会这也是我一厢情愿的想法吧？啊啊，我干脆变成一个更恶劣的败德者，就此苟活下去吧。村里至少还有我的家，羊群也还在，妹妹和妹婿应该也不至于将我赶出村子。什么正义、诚信、爱，仔细想想，净是些无聊的东西。杀死别人，自己才能存活，这不是世间的定则吗？啊啊，我真是够愚蠢的。我简直是个丑陋的背叛者。干脆，就这样想干什么就干什么吧。已矣，已矣。"美洛斯张开四肢，进入了梦乡。

忽然间，他的耳边传来潺潺的流水声。美洛斯稍稍抬起头，屏住呼吸，竖起耳朵听着。不一会儿，水流到了他的脚边。他摇摇晃晃地站起身来，定睛一看，发现细小的清流如轻声呓语般不断从岩石的裂缝中涌出。美洛斯被这泉水吸引，弯下腰去，用双手掬起清水，一口喝下，再呼一声吐了一口长气，如梦初醒。"走得动了，走吧。"就在肉体的疲劳渐渐恢复的同时，美洛斯的心里也燃起了一种希望，一种觉得应该完成义务的希望，一种觉得即使自己被杀，也要维护名誉的希望。斜阳照射在树叶上，枝叶被燃得火红。"到日落之前还有时间。因为有个人还在等着我，因为有个人从未有过一丝怀疑，静静地期待我回去，我是被信赖的！我的性命只是卑微之物，但也不能因此说出'就以死谢罪吧'这种故作伟大的话。现在唯一要做的，就是回报这份信赖。跑吧，美洛斯！

"我是被信赖的，我是被信赖的。刚才那些恶魔的呓语都只是梦境，只是场噩梦，快忘掉它，那只是在五脏六腑疲劳之时做的噩梦罢了，美洛斯，那不是你该觉得羞耻的事，你果然是真正的勇者啊！你不是又能站起来奔跑了吗？真是谢天谢地！我能以正义之士的身份赴死了。啊啊，太阳西沉了，慢慢地沉下去了。等等我，宙斯！我从出生到现在一直是个正直的男人，请让我也正直地死去吧！"

美洛斯如黑风般狂奔，推开路人、跳过阻碍，平野上有人正举办酒席，美洛斯从酒席正中央呼啸而过，吓坏了所有人。他还踢走小狗，飞越小溪，用比太阳西沉快上十倍的速度奔跑着。就在和一群旅人擦身而过的瞬间，他听见了不祥的对话。"现在这个时候，那个男人应该已经被处以磔刑了。"啊啊，那个男人，我就是为了那个男人才这样极力奔跑着。我不能让他死，快啊，美洛斯！千万不能迟到！现在正是展现爱与诚信力量的重要时刻。美洛斯已顾不得仪态，几乎是全裸了。他跑得上气不接下气，好几次从口中吐出血来。看到了，可以看到远方锡拉库斯市那小小的塔楼了。塔楼被夕阳照得闪闪发亮。

"啊！美洛斯大人！"

美洛斯听见风声里混着一丝仿佛呻吟般的叫

唤。他边跑边问："你是谁？"

"在下是菲洛斯特拉特斯，是您的好友赛里努提斯的弟子。"这位年轻的石匠跑在美洛斯的身后喊着，"美洛斯大人，不行了，已经来不及了，请您停下来吧，现在已经无法救出赛里努提斯大人了。"

"不，还不到日落的时候。"

"就是现在，赛里努提斯大人已经被处以死刑了。唉，您就差这么一点，真是遗憾，要是您可以再早一点点就好了！"

"不会的，现在还没有日落呢。"

美洛斯忍着心痛，凝望着硕大的夕阳。他只能跑。

"请停下，请停下脚步，现在保全您自身的性命才是要紧事啊。赛里努提斯大人一直都是相信您的，就连被带到刑场时也相当冷静，即使国王陛下处处刁难他，他始终抱持着坚定的信念，告诉国王'美洛斯一定会来的'。"

"正因为如此，我才更要跑。因为他信任我，所以我要跑。这已经无关乎来不来得及，也无关乎人命了，我是为了一个更伟大的理由而跑。菲洛斯特拉特斯，快跟上我！"

"唉，你简直是疯了。算了，我就跟你一起跑吧，或许还赶得上。跑吧！"

不用说，此时太阳尚未完全落下。美洛斯用尽最后一丝力气奋力奔跑。他脑袋放空，什么也没想，仿佛只是被一种莫名的强大力量拖着。太阳缓缓地没入地平线，就连最后一片残光也即将消失之际，美洛斯如疾风般跑进刑场。他赶上了。

"等一下！不能杀那个人！我美洛斯回来了！我赶在期限之前回来了！"美洛斯对着刑场的群众大声叫喊，但任凭他叫破了喉咙也只发出微弱的声音，所以根本没人发现他已经回来了。磔刑的刑柱已经高高矗立，赛里努提斯全身被绳索捆绑，缓缓地往上吊起。美洛斯目睹这一幕，拿出最后的勇气，像先前勇渡浊溪时拼命划呀划地拨开了拥挤的群众。

"是我，刑吏！该被杀的是我，美洛斯！将他作为人质的我，此刻就在这里！"美洛斯用嘶哑的声音用力大喊，一边跑上磔台，死命抓住被缓缓吊起的好友的双脚。围观的群众开始鼓噪，纷纷大喊着"好啊！太棒了"、"放了他"，赛里努提斯的绳索于是被解开了。

"赛里努提斯……"美洛斯眼眶泛着泪水，"打我。用你全身的力气打我的脸颊。我在途中一度做了噩梦，如果你不打我，我就连和你拥抱的资格都没有了。打吧！"

赛里努提斯露出一切已了然于心的表情，对美洛斯点点头，然后用力掴了美洛斯的右颊一掌。那声音大得响彻整个刑场。

赛里努提斯打完之后露出温柔的微笑，说："美洛斯，你也打我吧，要用一样的力气，打出一样响亮的声音。虽然只有一次，但这三天里，我还是对你起了疑心，这是我生平第一次怀疑你。你如果不打我，我也无法和你拥抱。"

美洛斯将手掌的关节扳得嘎嘎作响，接着也掴了赛里努提斯一掌。

"谢谢你，我的好友。"两人异口同声说完后便紧紧相拥，然后喜极而泣，放声大哭。

群众之中响起欣慰的赞叹。一直站在群众身后，看着两人举动的暴君迪奥尼斯不知何时悄悄地走近两人，羞赧地说：

"你们的愿望都实现了。是你们打败了我的心，让我知道诚信绝不是虚无的东西。能让我成为你们两人的好友吗？拜托了，请接受我的请求，我也想成为你们的朋友。"

群众大声欢呼："万岁！国王陛下万岁！"

一位少女将红色的斗篷献给美洛斯。美洛斯觉得莫名其妙，好友便贴心地告诉他：

"美洛斯，你不是全身赤裸着吗？快穿上斗篷。这位可爱的姑娘不想再让大家盯着你的裸体看了。"

勇者美洛斯面红耳赤。

取自古传说与席勒之诗[1]

---

1 指席勒于 1798 年发表的叙事诗《人质》(*Die Bürgschaf*)。

图书在版编目（CIP）数据

新哈姆雷特 /（日）太宰治著；汤家宁译 . —南宁：
广西人民出版社，2021.9
（文学·异托邦）
ISBN 978-7-219-11230-4

Ⅰ. ①新…　Ⅱ. ①太…②汤…　Ⅲ. ①小说集—日本
—现代　Ⅳ. ①I313.45

中国版本图书馆 CIP 数据核字（2021）第 135585 号

拜德雅·文学·异托邦

新哈姆雷特
XIN HAMULEITE

〔日〕太宰治　著

汤家宁　译

特约策划　任绪军　邹　荣　　特约编辑　任绪军
执行策划　吴小龙　　　　　　　责任编辑　李亚伟
责任校对　唐柳娜　　　　　　　书籍设计　陈靖山（山林意造）

出版发行　广西人民出版社
社　　址　广西南宁市桂春路 6 号
邮　　编　530021
印　　刷　广西民族印刷包装集团有限公司
开　　本　787mm×1092mm　1/32
印　　张　8.625
字　　数　134 千
版　　次　2021 年 9 月　第 1 版
印　　次　2021 年 9 月　第 1 次印刷
书　　号　ISBN 978-7-219-11230-4
定　　价　52.00 元